Hermann Leo Back

# Österreichs Appell an die öffentliche Meinung

Hermann Leo Back

**Österreichs Appell an die öffentliche Meinung**

ISBN/EAN: 9783741184550

Hergestellt in Europa, USA, Kanada, Australien, Japan

Cover: Foto ©Andreas Hilbeck / pixelio.de

Manufactured and distributed by brebook publishing software
(www.brebook.com)

Hermann Leo Back

# Österreichs Appell an die öffentliche Meinung

# Österreichs Appell

an die

# öffentliche Meinung.

~~~

Von

## Hermann Leo Back.

———

Wien 1861.

Bei L. W. Seidel,

Graben Nr. 1122.

le

# I.

Usurpatorische Gelüste werden in dieser Zeit der Vergewaltigung als allgemeine Welthändel hingestellt, und sobald man die öffentliche Meinung zur Rechtfertigung oder zur Parteinahme für einen nur der Eroberung und dem Ehrgeize geweihten Krieg einnehmen oder aufregen will, wird dem unverantwortlich bedrohten Opfer eine durch Unterhöhlung des Rechtsbodens aufgewühlte „Frage" hingeschleudert, zu deren Lösung das vom napoleonischen Alpdrücken vielgeplagte Europa aufgerufen wird, deren Schlichtung das Heil der Welt, die gesellschaftliche Wohlfahrt und den ewigen Frieden herbeiführen soll. Ist diese „Frage" im Wege des Auftrags und der Bearbeitung bereits so landläufig geworden, daß man sie für spruch- oder säbelreif hält, dann läßt man vor dem Abbrennen des gewaltigen Feuerwerks auf dem Schlachtfelde eine kleine Rakete in Gestalt einer Broschüre auffliegen; sie ist ein mit vielfarbigem und glänzendem Wortschwall der Beleuchtung dienendes Strahlfeuer, wenn Spruch und Verlauf sich günstig und friedlich erweisen; sie ist hingegen ein zündender Brandsteiger, der Vorläufer und Zielzeiger nachkommender Wurfgeschoße, wenn dem mit Übermacht Bedrohten keine Freunde grünen, und die französische Klammer ihm keine Gebietsverengerung abbringt.

So hat man die venetianische Frage aufgeworfen. Was ist es, das man „venetianische Frage" nennt? Welche Macht hat das Recht, den Besitzstand einer andern in Frage zu stellen? Seit wann rechtfertigt man die räuberische Ländergier dadurch, daß man ein Territorium fraglich macht und unter den Hammer bringt? Man ruft uns fortwährend zu: Ihr könnt Venetien nicht halten, Venetien ist für euch verloren, gebt ihr es nicht im Vergleichswege auf, so entreißen wir's euch! Und man droht uns mit einem unausbleiblichen Krieg. So und so viel Hunderttausend Italiener stehn bereit, im Frühjahr, im März, vielleicht schon am bestimmten Tag und zur festgesetzten Stunde loszubrechen und alle Furien des Kriegs gegen uns loszulassen. Wir haben diesen Krieg nicht provocirt, wir gaben und geben keine Veranlassung, daß er jetzt oder jemals, allezeit aber mit Verachtung alles Rechts und aller Gerechtigkeit, gegen uns begonnen werde. Aber Ihr schreit und wollet durchaus Krieg: wohlan, Ihr sollt ihn haben! wir werden ihn nicht herbeiführen, wir werden ihm auch nicht ausweichen. „Die Anwendung der Gewalt, sagt Vattel, ist ein trauriges und unheilvolles Hilfsmittel gegen diejenigen, welche die Gerechtigkeit verachten und die Vernunft nicht hören wollen; aber endlich muß man auch dazu seine Zuflucht nehmen, wenn alles andere fruchtlos ist." Justum est bellum quibus necessarium.

Es ist jedoch nicht die Aufgabe dieser Schrift, unsere wohlbestellten Rüstungen darzulegen oder von unseren Vertheidigungsmitteln abzuhandeln, vielweniger kann es in unserer Absicht liegen, eine fulminante Kriegserklärung gegen unsere Angreifer auszuschreiben; wir sind im Gegentheil jeder mit unserer Ehre und mit unseren Rechten verträglichen Transaktion zugänglich, und sind dabei im Interesse unserer ruhbedürftigen Mitbürger aller Zungen geleitet von den aufrichtigsten und redlichsten Friedensbestrebungen, die man auf der Gegenseite vorweislich nur darum erheuchelt, um desto sicherer zum Angriff zu schreiten und seine Eroberungsplane zu bemänteln.

Man hat uns einen Vorschlag gemacht. Mit der Großmuth eines Wegelagerers, der die Werthschaften abfordert und dabei die Pistole auf die Brust setzt, hat man uns die schmähliche Abgabe eines Kronlands oder den Krieg angetragen. Man hat in Paris ein Projekt veröffentlicht, das „ausnehmend volksthümlich" sei und sowohl „in den Lehren der Geschichte als in den Interessen einer gesunden Politik" seine Rechtfertigung finde. Die Widerlegung und Zurückweisung dieses hinterlistigen und unverschämten Projekts ist der Ausgangspunkt unserer jetzigen Gegenschrift, in deren Einzelheiten wir die Urtheile der berühmtesten Fachmänner einflechten, bei deren Abfassung wir von den in unparteiischen öffentlichen Organen niedergelegten Ansichten nicht Umgang nehmen können. Wenn unsere Widersacher ihre abgenützten Redensarten und Manöver bei jedem auf eine Annexion schlau angelegten Plan auch jedesmal wieder vor- und ausführen; wenn man in Paris auf die Vergeßlichkeit der Welt spekulirt und in wohlorganisirter Kriegsverfassung die auflauernde Taktik von 1859 erneuert, indem man mit angezogenem Fehdehandschuh abermals eine trügerische Friedensbroschüre dem Kampfe voranschickt; wenn das napoleonische Frankreich sich derzeit noch im Wahne wiegt, daß man an seine uneigennützige Ideenkriegführung auch jetzt noch glaube, und daß nach der Einverleibung von Savoyen und Nizza ganz Europa gleich jede Erinnerung daran ausgelöscht habe: warum sollten wir nicht auch alle zur Vertheidigung unserer Besitztitel dienenden Argumente wiederholen; warum sollten wir nicht der Lüge die Wahrheit, der Gewalt das Recht, der Verderbniß die Moral und der Täuschung die faktische Wirklichkeit entgegenhalten!

1 *

Der Ehrgeiz und die Herrschsucht scheuen sich nicht, ihre Gewaltthätigkeiten und ihre unehrliche Handlungsweise durch gleißnerischen Wortprunk in allen möglichen Aktenstücken zu beschönigen; wir werden auch von unsern Rechtsmitteln den geeigneten Gebrauch machen und dabei der Wahrheit die gebührende Ehre geben. Wir werden unsererseits der Welt ein Projekt vorlegen, das unzweifelhaft und ganz bestimmt zum dauernden Frieden führt, und das nebenbei weder den Verkauf noch die Abtretung einer Provinz erheischt. Europa möge auch unser Projekt einer ernsthaften Prüfung unterziehen; es möge sich aussprechen über die Opportunität desselben; es möge sich erheben zu Gunsten eines Abkommens, das allen Ländern nützt und keinem ein Opfer auferlegt, das alle Monarchen schützt und keinem den Gebietsraum schmälert.

---

## II.

Im bürgerlichen Leben gilt der Rechtsgrundsatz, daß das redlich erworbene Eigenthum eines Jeden unantastbar ist, und daß das wohlgewonnene Vermögen des Einen nicht dem Andern als strittiger Gegenstand zur Aneignung dienen kann. In dem Augenblicke, wo es dem Belieben des Einzelnen anheimgegeben wäre, sich das Haus seines Nachbars als nächstangrenzend einzuverleiben, oder den Besitz seines Nebenmenschen durch angedrohte oder angewendete Gewalt an sich zu reißen, im selben Augenblicke würde sich die menschliche Gesellschaft in eine Horde Räuber auflösen, der Stärkere würde über den Schwächern herfallen, ihn unterjochen, ihn ausplündern, und jeder friedliche Bestand wäre unmöglich. Wie nun im Privatleben und im Verhältnisse der

Bürger zu einander einem solchen heillosen Zustand durch weise Gesetze und Rechte vorgebeugt ist, so regeln wieder die Verträge und das Völkerrecht die internationalen Beziehungen und die Verhältnisse der Staaten zu einander. Damit nun die Macht des einen Staates nicht gewaltig überwuchere, damit er die Schwächern nicht unterdrücke oder sie in ihrer Existenz bedrohe, damit er nicht die Selbstständigkeit der Regierungen ertödte oder ihre Unabhängigkeit gefährde, haben die Staaten ein auf Gegenseitigkeit beruhendes Übereinkommen, ein europäisches Conzert festgestellt, das unter dem Namen politisches Gleichgewicht allgemein bekannt ist.

Zu dem Ende haben sich die fünf Großmächte am 15. November 1818 in Aachen geeinigt und eine Übereinkunft abgeschlossen, in deren beigefügter Declaration sie als Gelöbniß erklären:

„— — Die Souveraine erkennen als Grundlage des zwischen „Ihnen bestehenden erhabenen Bundes den unwandelbaren Entschluß, „nie, weder in Ihren wechselseitigen Angelegenheiten, noch in „Ihren Verhältnissen gegen andre Mächte, von der strengsten „Befolgung der Grundsätze des Völkerrechts abzu= „gehn; weil die unverrückte Anwendung dieser Grundsätze auf „einen dauerhaften Friedenszustand die einzige wirksame „Bürgschaft für die Unabhängigkeit jeder ein= „zelnen Macht und für die Sicherheit des gesammten Staaten= „bundes gewährt . . . . . . . Sie erkennen feierlich an, daß Ihre „Pflicht gegen Gott und gegen die Völker, welche Sie beherrschen, „Ihnen gebietet, der Welt, so viel an Ihnen ist, das Beispiel „der Gerechtigkeit, der Eintracht, der Mäßigung „zu geben.“ — — Folgen die Unterschriften der Gesandten von Österreich, Frankreich, England, Preußen und Rußland.

Diese Vereinbarung ist das unerschütterliche Fundament unserer staatlichen Rechtsverhältnisse; sie ist der feste Unterbau, auf den die Regierungen und die Völker ihren Bestand und ihre freie Bewegung begründen; ihr haben wir einen dreißigjährigen Frieden zu verdanken; sie ist selbst den Diplomaten von so großer Tragweite, daß H. C. von Gagern, Minister und Gesandter des Oranischen Hauses und der Niederlande am Wiener Congresse, sich darüber äußert *): „Eigentlich ist es im Zusammenhang die wichtigste Urkunde auf der Erde seit Menschengedenken. Ich weiß keine damit zu vergleichen."

Wie haben die Großmächte im letzten Jahrzehend diese heilige Pflicht und diese Schutzpflege begriffen? Wie haben sie die Unabhängigkeit jeder Regierung und wie die Sicherheit des gesammten Staatenbundes geehrt und gewehrt? Welche Beispiele der Gerechtigkeit und welche Beweise der Eintracht haben sie gegeben? In welchem Maße sind sie für die verbrieften Rechte und für die Grundsätze des Völkerrechts eingestanden? Wie hat namentlich Frankreich seine ihm durch Bundesmacht gesteckten Grenzen und die anderer Staaten respektirt?

Vor der Beantwortung dieser Fragen wollen wir im Vorschritt des geschichtlichen Wegweisers die erworbenen Rechtstitel und die darauf erhobenen Ansprüche pro et contra prüfen.

***

*) „Kritik des Völkerrechts mit praktischer Anwendung auf unsere Zeit." 2. Theil, S. 202.

# III.

Der Anschluß Venedigs an den österreichischen Kaiserstaat datirt freilich erst seit sechzig Jahren, aber er erfolgte nicht, wie in Paris behauptet wird, unrechtmäßig und ohne Eroberung. Denn in dem Frieden von Campo Formio verlor Österreich mit den oberitalienischen Fürsten die cisalpinischen Besitzungen, es mußte Belgien an Frankreich abtreten und die Stadt Mainz sammt Rhein-ufer der französischen Republik überlassen; für diese Verluste er-hielt es das durch die Gewaltthaten der Franzosen empörte und von ihnen geplünderte Venedig.

In dem Preßburger Frieden, kaum acht Jahre darauf, riß der französische Machthaber in seiner unersättlichen Ländergier und Herrschsucht das venetianische Gebiet abermals von Österreich los, um es dem ihm untergeordneten Königreich Italien einzu-verleiben. Erst der vorläufige Vertrag, welcher von den alliirten Mächten am 17. Februar 1814 vorgelegt wurde, und worin der 2. Artikel Napoleon auf alle seit 1792 gemachten Eroberungen, Vereinigungen und Einverleibungen verzichten heißt, und dessen 4. Artikel Deutschland und Italien in ihren nachmaligen und bis vor zwei Jahren unverrückten Grenzen vorzeichnet; dann die vom Marschall Grafen Bellegarde und vom Prinzen Eugen Beau-harnais genehmigte, beziehungsweise zwischen dem Generalmajor Grafen Ficquelmont und dem Divisionsgeneral Baron Zucchi unterzeichnete Convention von Mantua den 23. April 1814, welche in ihrem ersten Artikel alle von den Italo-Franzosen noch nicht eingenommenen Plätze, Festungen und Forts im damaligen König-reich Italien den Österreichern wieder- und übergab, hat diese italienischen Landestheile rechtmäßig und rechtskräftig Österreich zugesprochen.

Der Congreß zu Wien hat diese Zutheilung und diese italische Ländererwerbung für Österreich anerkannt und durch seine Sanktion feierlich gutgeheißen.

Die Artikel 92 bis 96 der Wiener Congreßakte handeln von den österreichischen Besitzungen in Italien. Der Artikel 92 erklärt Österreich als den legitimen Herrscher aller jener Länderstriche, welche es in den Verträgen von Campo Formio (1797), von Luneville (1801), Preßburg (1805), durch die Übereinkunft zu Fontainebleau (1807) und durch den Vertrag zu Schönbrunn (1809) abgetreten und entäußert hat. Das ganze lombardisch-venetianische Königreich mit dem Gebiete zwischen dem Tessin, Po und adriatischen Meere wird ihm da in spezifizirter Abgrenzung zugewiesen, und der Artikel 94 stellt auch die aufgehobene Republik Ragusa unter seine Botmäßigkeit.

Was hat die Großmächte veranlaßt, Österreich in Italien wieder einzusetzen? Welche gebieterische Nothwendigkeit hieß auch alle die beim Congreß vertretenen Souveraine zustimmend beipflichten? Welche Beweggründe waren so mächtig, daß sie alle andern Rücksichten und Gefühle hintansetzten und unterordneten?

Die weisen Monarchen und die erleuchteten Staatsmänner, die da versammelt waren, erkannten in ihrer Scharfsicht, daß die heißersehnte Ruhe und ein geordneter Zustand in Europa unmöglich andauern könne, wenn Italien sich selbst und seinen Wühlern anheimgegeben wäre. „Sie begriffen, sagt Graf Catinelli*),

---

*) La question italienne du Charl. Catinelli, aus dem Italienischen übertragen v. Dr. H. Schiel, Tom. I, p. 56. Oberst Graf Catinelli war Chef im Generalstab unter Lord William Bentinck und hat schon

wie dringlich es noththue, daß man einer Großmacht wie Österreich die Obhut eines Landes anvertraue, wo die tüchtigen
und vernünftigen Männer sich sehr häufig von
allen öffentlichen und politischen Angelegenheiten
zurückziehen, und es den Nichtswürdigen und Ge-
fühllosen überlassen, sich ihrer und des Landes
zu bemächtigen."

Das Urtheil dieses in den italienischen Begebenheiten selbst-
thätig gewesenen Stabsoffiziers erhält auch durch die Auffassung
gewichtiger Persönlichkeiten am großmächtlichen Staatsruder seine
beweiskräftige Begründung. Hören wir, wie sich der englische
Minister darüber äußert. In der Abendsitzung des Unterhauses vom
20. März 1815 antwortet Lord Castlereagh, als Minister
der auswärtigen Angelegenheiten dazumal über Genua und Italien
interpellirt, wie folgt: „Unsere Absicht war, ein System herzu-
„stellen, unter welchem es den Völkern möglich ist in Frieden
„zu leben; wir konnten aber nicht die Todten (bezüglich der ein-
„verleibten Republik Genua) wieder auferwecken, deren Erstehung
„und Einsetzung Europa nur neuen Gefahren preisgeben würde.
„Was hat Italien gethan, um das Joch Napoleons
„abzuschütteln? Es konnte daher füglich nur als erobertes
„Land betrachtet werden, und wir mußten es deswegen auch an
„Österreich überlassen, damit dieses im engen Bündniß
„mit uns vereinigt bleibe..... Die verbündeten Mächte
„haben den Krieg nicht begonnen um einen Staat allein, sondern

---

1813 eine bedeutende Rolle in den italienischen Händeln gespielt. Er wurde
mit wichtigen Aufträgen auch an J. Murat betraut, und der Herzog von
Campochiaro erwähnt seiner rühmlich in der Denkschrift an den Fürsten
Metternich und an Lord Castlereagh.

„um ganz Europa vor der Sklaverei und vor der Wiederkehr neuer
„Verletzungen zu beschützen und zu bewahren. Daher konnte man
„den Genueser Antipathien auch keine Rechnung tragen. Die Vor-
„urtheile der Völker verdienen nur dann eine Be-
„rücksichtigung, wenn sie sich dem vorher bestimm-
„ten Stand der Dinge nicht widersetzen. Durch den
„Pariser Vertrag haben sich aber die Alliirten verpflichtet, der
„Sicherheit Europa's eine dauernde Grundlage zu geben, und diese
„allgemeine Sicherheit legte uns die zwingende Pflicht auf, den
„Gefühlen der Genueser Gewalt anzuthun."......

Ist das verständlich? Kann sich ein Staatsmann von solcher
Bedeutung rückhaltloser und freimüthiger aussprechen? Konnte
eine Großmacht von Englands Stellung eine ihrer europäischen
Politik würdigere und entsprechendere Kundgebung offenbaren?

Indem wir den Leser bitten, von dieser denkwürdigen Äuße-
rung Akt nehmen zu wollen, da wir in unserer weitern Ausführung
darauf zurückkommen, geben wir hier nur noch den Ausspruch eines
preußischen Diplomaten, den gewiß Niemand besonderer Sympathien für Österreich zeihen wird. In seiner Geschichte der Friedens-
verträge sagt Herr v. Schoell *): „Nach Deutschland verdiente
Italien besonders die Aufmerksamkeit der Souveraine. Dieses
schöne Land wurde auf mehr wie eine Weise verwüstet und zerrüttet.
Eine im Schatten des Geheimnisses einherschleichende und um so
gefährlichere Partei hatte die Hoffnung nicht aufgegeben, ihren ge-
meinschädlichen Grundsätzen da zum Siege zu verhelfen, jenen
Grundsätzen, die man früher im Namen der Freiheit und Gleich-

---

*) L'histoire des traités de paix entre les puissances de l'Eu-
rope depuis le traité de Westphalie, von Koch, fortgesetzt v. Schoell,
Tom. XI, p. 7.

heit öffentlich predigte und die jetzt für die Parteigenossen eine Geheimlehre bildeten, von der man für die Uneingeweihten nur jenen Theil durchschimmern ließ, für den man die Bezeichnung „„der liberalen Gesinnungen““ ausdachte. Nichts konnte den Anschlägen dieser Partei störender entgegentreten als die Einsetzung der österreichischen Herrschaft auf der italienischen Halbinsel.“

---

## IV.

Nachdem wir die Rechtserwerbung des lombardisch-venetianischen Königreichs für Österreich dargelegt, nachdem wir bewiesen haben, wie dieselbe auf das entschiedene Verlangen von ganz Europa und unter dessen vollgiltiger Zustimmung ihre praktische Ausführung fand, nachdem wir auch der ursächlichen Veranlassung und der politischen Nothwendigkeit die erklärenden Belegstellen gaben, wollen wir nun über den erhobenen zweiten Einwand, daß dieser staatliche Verband den Gefühlen der Bevölkerung Zwang anthat, zur Erörterung gehn. Wir werden die Unzulässigkeit dieses Vorwurfs durch glaubwürdige Thatsachen bloslegen, wir werden durch geschichtliche Zeugnisse erhärten, wie er in Bezug auf jene Epoche unzugeblich ist und auch später rechtlich wohl nicht einräumbar bleibt, und werden uns dabei auf die Aussagen der eigenen Landsleute, der Italiener selbst stützen.

Der unerträgliche Druck und die tyrannische Willkühr, welche auf allen von Napoleon I. unterjochten Ländern und besonders auf dem italienischen Königreich lasteten, hatten die fran-

zöfifche Herrfchaft den Italienern fo verhaßt gemacht, daß am
20. April 1814 in Mailand eine heftige Empörung ausbrach,
in welcher die Bürgerfchaft wie faft die gefammte Bevölkerung
fich für Österreich erklärte. Der allgemeine Volksunwille wollte
weder von einem Königreich Italien noch von dem unbeliebt auf-
gezwungenen Vizekönig E. Beauharnais etwas wiffen, fondern
legte in unzweideutigen Demonftrationen feine Wünfche für die
österreichifche Regierung zu Tage.

Daß der Aufftand und die umfaffenden Kundgebungen von
1814 wirklich für Österreich günftig waren, daß die Gefühle der
Mehrzahl aller Gefellfchaftsklaffen im lombardifch-venetianifchen
Königreiche fich thatfächlich zu der kaiferlichen Regierung hin-
neigten: das fagen uns nicht etwa öfterreichifche, fondern es fagen und
beftätigen dies italienifche Gefchichtfchreiber und Schriftfteller.
Nachdem er von dem Treiben Napoleons und von der Miß-
liebigkeit Beauharnais' gefprochen, fährt Cäfar Cantù in feinem
Berichte über diefe Vorgänge alfo fort: „— — — Der Adel,
die Geiftlichkeit und das Volk zeigten Geneigtheit für Österreich,
deffen Los ihr Bedauern erregte, wie dies bei abgetretenen Regierungen gewöhnlich der Fall ift. Es fehlte den Parteien damals
an jenem höhern politifchen Verftändniß, welches die Meinungen,
Leidenfchaften und befonderen Intereffen denjenigen zu unterord-
nen weiß, die allen gemeinfam find, und das nicht darauf Be-
dacht nimmt, was Einzelne vorziehen mögen, fondern was alle
wünfchen......"*)

Was uns diefer berühmte italienifche Gefchichtsforfcher er-
zählt, findet feine Beftärkung auch in den Schriften anderer

---

*) Cesare Cantú, Storia degli Italiani, lib. XVI. c. 182.

Männer der Revolutionspartei. In seinem Nachtrag zu „Le mie prigioni", einem Werke von Silvio Pellico, berichtet Maroncelli: „— Der kaiserliche Hofrath Graf Ghislieri war nach Mailand gekommen, und wohnte da versteckt bei einer den Österreichern ergebenen vornehmen Familie. Dort traf er auch die alten Getreuen und Anhänger des Hauses Österreich...... Der Zweck der Verschworenen (lauter reiche lombardische Grundbesitzer) war, einen Volksaufstand hervorzurufen, um den furchtsamen Senat an der Abstimmung zu verhindern. Denn wenn man Beauharnais nicht gewählt hätte, und wenn der Senat auch nicht sich selbst als unabhängige Regierung einsetzte, so hätten diese Getreuen den Kaiser Franz I. ganz laut als Herrscher proklamirt, und so hätte die lombardische Eroberung mindestens geschwinder, wenn nicht leichter, sich vollzogen — —".

Die in Rede stehende Verschwörung, von der Maroncelli spricht, galt eigentlich dem Minister Prina, den man tödtlich haßte und ermorden wollte wegen der ungeheuern und unerträglichen Steuern, die er auflegte oder anrieth. Das Volk hatte die französische Wirthschaft und diese Gebahrung im Namen des Königreichs Italien übersatt, und sehnte sich nach geordneten und geregelten Verhältnissen. Maroncelli gesteht, daß sie an diesem Tage zu Tausenden und von allen Seiten nach Mailand strömten, und daß das Endziel dieser Bewegung die Anerkennung und Einsetzung der herbeigewünschten österreichischen Regierung war.

In demselben Sinne wie Maroncelli äußert sich Gualterio im zweiten Band seiner geschichtlichen Erinnerungen, der den Titel führt: „Gli ultimi rivolgimenti italiani". Nach diesem Schriftsteller war Mailand zu dieser Zeit in einem solchen Grade österreichisch gesinnt, daß es einer ganzen Armee bedurft hätte, um es

„zur Vernunft zu bringen" und wieder italienisch zu machen — „weil die Bürgerschaft, welche zahlte und wohl kläffte, doch nicht „ebenso bereitwillig gewesen wäre zu kämpfen" . . . . . . .

Was sagt nun Gualterio, einer der heftigsten Gegner Österreichs, über die Gesinnungen der Mailänder im Jahre 1814? und was sagen die andern? Was resultirt aus den Erzählungen dieser drei Männer, die im Hasse gegen Österreich einer dem andern den Rang ablaufen? Werfen wir auf diese literarische und feindlicherseits beglaubigte Ausbeute einen resumirenden Rückblick, so erhellt für uns: 1. Daß am 20. April 1814 in Mailand und Umgegend eine allgemeine Insurrektion stattfand; 2. daß an dieser Insurrektion alle Schichten der Gesellschaft, Adelige, Bürgerliche und Landbewohner sich in großen Massen betheiligten; und 3. daß sie wie die veranstalteten Demonstrationen nur die Erhebung Österreichs bezweckten und für dessen Regierung ihren ungetheilten Wunsch kundgaben.

Es sei uns bei dieser Untersuchung noch vergönnt, auch einen Zeugen zu vernehmen, der minder feindlich gegen uns gesinnt ist, und der in seiner Unparteilichkeit Österreich Gerechtigkeit widerfahren läßt. Oberst Graf Catinelli, dessen schätzbares Werk wir vielfach benützen, schreibt in seinen Studien über die italienische Frage:

„— — — In den Monaten Feber und März des Jahres „1814 besuchte ich zu wiederholten Malen Neapel, Rom, Livorno, „Florenz, Bologna, Modena und Verona. Ich hatte den Auftrag, „mir überall wo ich hinkam, von den Wünschen der Bevölkerung „hinsichtlich der politischen Neugestaltung Kenntniß zu verschaffen; „ein Auftrag, dessen Befolgung mir dadurch erleichtert ward, daß „ich die englische Uniform anlegte, und daß ich einer Menge Neu-

„gieriger begegnete, unter welchen es auch natürlich wohlunterrich-
„tete Perſonen gab, die mich auffuchten und mich zu ſprechen
„wünſchten. In Neapel wollte man die Bourbonen; in Rom ꝛc. den
„Papſt; in Florenz den erzherzoglichen Großherzog Ferdinand; in
„Modena den Erzherzog Franz, den Erben des Hauſes Eſte; in
„Verona den Kaiſer Franz. Am Tage nach der Mailänder
„Emeute, d. i. den 21. April 1814, befand ich mich in Novi, auf
„dem Wege von Genua nach Mailand. Hier verbrachte ich mehrere
„Stunden mit dem Baron Trecchi, einem Mailänder, der eben
„von Mailand kam und ſich nach Genua als Abgeſandter der Partei
„Gonfalonieri begab..... Sein Geſpräch bildete eine unaufhörliche
„Wehklage, manchmal untermengt von den beleidigendſten Bezeich-
„nungen gegen ſeine Mitbürger wie überhaupt gegen die Lombar=
„den, von denen er behauptete, daß ſie alle, in Folge der zum
„Rückſchritt geneigten Anſichten, blind und verſtandlos
„den Öſterreichern ergeben ſind.“**)

Es ergibt ſich alſo aus den vorgeführten Thatſachen und ihren
unwiderſprechlichen Beweiſen, daß die Einverleibung des lombardiſch-
venetianiſchen Königreichs mit Öſterreich ebenſo im Willen der Bevölkerung wie in jenem der Großmächte ihre Rechtskraft erhielt,
und daß dieſer Anſchluß, weit entfernt gegen die Gefühle der Bevölkerung zu verſtoßen, vielmehr nur ihren dringenden Wünſchen
und Intereſſen entſprach, und mit ihrer Zuſtimmung ſeinen Ab=
ſchluß fand.

---

*) Studj sulla Questione italiana. Edition française (Brüſſel
und Leipzig 1859). Tom. I. 2ᵉ Étude, p. 59.

# V.

Prüfen wir nun das Verhalten der österreichischen Regierung nach dieser Periode und in der uns näher liegenden, und sehen wir, ob sie bei der Pacification und in der Verwaltung dieser italienischen Provinzen wirklich mit jener Härte vorging, deren man sie so gern beschuldigt. Wir werden uns dabei wieder der Aussagen berühmter Staatsmänner und der unserer eigenen Feinde bedienen. Folgendes sind die Worte des Grafen Ferdinand Dal Pozzo, eines ausgezeichneten Rechtsgelehrten und piemontesischen Staatsmanes:*)

„— Als der Kaiser Franz I. nach dem Sturze Napoleons „die Regierung der italienischen Provinzen übernahm, benahm „er sich da weder als Eroberer noch als gefühl= „loser Despot, sondern als verständiger Gebieter… „Die österreichische Regierung im Königreich Lom= „bardo=Venetien schenkte allen unter der abge= „schafften Regierung erworbenen Rechten die ge= „wissenhafteste Beachtung“. Und an einer andern Stelle gibt er von dem öffentlichen Leben in Mailand und von der Art und Weise des Verkehrs daselbst nach 1815 folgende Skizze: „— — Ich erinnere mich, Mailand vor dem Jahre 1820 dann

---

*) Della felicità che gl'Italiani possono e debbono dal governo austriaco procacciarsi, c. 22 e 24, pag. 79 o 117. De: Graf Ferd. Dal Pozzo war Berichterstatter im Staatsrath Napoleons und Präsident des kaiserlichen Gerichtshofs zu Genua. Nach der piemontesischen Revolution von 1821 war Graf Dal Pozzo Minister des Innern in Piemont und erfreute sich überall und von allen Parteien einer vorzüglichen Hochachtung.

„und wann befucht zu haben, und die von mir gemachte Wahr=
„nehmung ergab, daß man in der Praxis da viel Freiheit genoß.
„Die Thätigkeit der Polizei war beinahe unmerk=
„lich. Die Fremden gingen und kamen, ohne vielen Nachforfchun=
„gen und Erkundigungen unterzogen zu werden; die Mailänder
„verfammelten fich in verfchiedenen Cafini, in verfchiedenen aus=
„fchließlich vorbehaltenen Sälen und in Kaffeehänfern, wann und
„wie fie wollten; das Leben konnte da überhaupt nicht
„freier und angenehmer fein. Ich bedauerte es herzlich,
„wenn meine Pflicht mich nach Turin, diefer traurigen und fo
„fteifen Stadt, rief, und meine Erinnerungen trugen mich immer
„wieder nach Mailand zurück. Die Preffe war freilich in der Lom=
„bardei nicht frei, aber die Cenfur konnte gar nicht milder gehand=
„habt werden. Ich felbft habe deren Nachficht oft
„empfunden." —

Kaifer Franz I., der in Florenz erzogen wurde und auch da
feine Jugend verlebte, war eigentlich ein geborner Italiener und
war feinen italienifchen Ländern mit inniger Huld und Liebe zuge=
than. Seine feltene Scharfficht und eine kenntnißreiche Erfahrung
gaben ihm die beften Mittel der Verwaltung an die Hand, und
man kann fich einen Begriff von deren diesbezüglicher Vortrefflich=
keit machen, wenn man fich der Aufreizungen erinnert, mit welchen
die haßerfüllten Parteigänger Joachim Murat drängten, in das
öfterreichifch=italienifche Gebiet einzufallen. Es gibt keinen Augen=
blick zu verlieren, fagten fie; diefe Barbaren (die öfterreichifchen
Beamten) find fehr gefchickt und verftehen es, das Volk und die
Maffen täglich und immer mehr zu gewinnen. So fchreibt ein
Brescianer Emigrant über Öfterreich, das er mit Leib und Seele
verabfcheut:

„— Es ist wahr, wir loben seinen rechtsliebenden und unbe=
stechlichen Richterstand, seine großartige Organisation, seine streng=
geregelte Armee, seine wohlunterrichteten Offiziere, seine höflichen
und leutseligen Beamten: aber sie sind nicht aus unserer Familie.
Wir gehen weiter und sagen, daß wenn wir einen Vergleich anstel=
len sollten, wir immer die österreichische Regierung der franzö=
sischen vorziehen, weil sie in ihren Verordnungen redlicher,
standhafter und weniger veränderlich ist: aber sie ist nicht aus un=
serer Mitte hervorgegangen. Wir gehen noch weiter und behaupten,
daß bei den Italienern unter der österreichischen Herrschaft die
Wissenschaften mehr befördert und mehr verbreitet sind als in
irgend einem andern Staate unserer Halbinsel: aber es sind nicht
die Wissenschaften unseres Stammes. Sondern Österreich wendet
alle diese Mittel nur an, um sich Italiens Anhänglich=
keit und Zuneigung zu erwerben, indem es sich
zeigt als die beste Regierung unter allen, welche
dieses gehabt hat, so patriotisch sie auch waren".....*)

So spricht unser Feind, so spricht ein revolutionärer Flücht=
ling. Würde man Herrn Vitalini um die Ursache seines Hasses
und seiner unbegrenzten Rachsucht gegen Österreich befragen, so
müßte er gestehn, daß er seines Orts eben so wenig einen Grund
zur Klage hatte, als unsere oder andere Italiener, daß er vielmehr
alle Ursache zur Versöhnung und Anerkennung habe, und diese ge=
wiß auch nicht vorenthalten wird, sobald sich Österreich hinter die
Alpen zurück zieht, aber bis dahin kann er nicht anders, als es
tödtlich hassen.

---

*) L'ancora d'Italia ovvero la verità a tutti, di Carlo Vita-
lini (Turin 1851) p. 111.

# VI.

Übergehn wir nun zu dem Zeitraum, der vor 1848 sich ab-
rollte, so lauten die Urtheile der Italiener einheitsbestrebter Richtung über die zu Österreich gehörigen Länder ihrer Zunge nicht
minder günstig und wir wollen zur Vervollständigung unserer Be-
weismittel hier einige registriren. Wir können uns übrigens hier
nicht auch auf die Widerlegung ihrer geringfügigen und leichtfertigen
Anschuldigungen einlassen, da die menschliche Unvollkommenheit
einerseits und der leidenschaftliche Prinzipienkampf anderseits den
Uebelgesinnten eine stets willkommene Veranlassung zu solchen Kla-
gen bieten werden, von denen keine Regierung in der Welt sich
freisprechen kann; aber diese Beschuldigungen thun dem Guten, das
sie sagen, durchaus keinen Abbruch, und dieses wird durch jene zwar
beschattet aber nicht entwerthet. Wir werden daher aus der Geschichte der Italiener von Cäsar Cantù die auf Rechnung seiner
Parteistellung uns belastenden Vorwürfe hier in Abzug bringen und
uns blos auf seine gutachtliche Meinungsäußerung bezüglich der auf
die Landeswohlfahrt abzielenden Rechtsverwaltung der österreichischen
Regierung in Italien beschränken.

„Man ließ, sagt Herr Cantù, das aus den vormaligen Mu-
„nizipien überkommene vortreffliche Gemeindesystem, welches allein
„revolutionären Verderben Trotz geboten hatte, ganz unberührt, und
„man verstand es, dasselbe mit der Vermögens- und Steuerbestim-
„mung so glücklich zu vereinigen, daß es den Ansprüchen des Lebens-
„unterhalts genügte und den Wohlstand des fruchtbaren Landes be-
„förderte. Die auf den nothwendigen Beamtenstand angewiesene
„Verwaltung ging ihren geregelten und kräftigen Gang, wie in

„einem in der Civilisation seit lange fortgeschrittenen Lande; die
„Justiz war, außer den Fällen wo die Ansprüche des Staats=
„schatzes sich darein verwickelten, kurz und gerecht, und wurde
„nach Gesetzen ausgeübt, denen die modernen Anschauungen ein=
„geprägt waren, und welche hinsichtlich der Milde ihrer
„Strafen und ihrer ausgedehnten Gleichheit in
„vielen Punkten sogar diejenigen Napoleons über=
„trafen. Aber das alle Öffentlichkeit ausschließende Verfahren
„gab anstatt der Bürgschaften, welche die Gesellschaft bezüglich der
„ihr entzogenen Mitglieder zu fordern berechtigt ist, nur dem Ge=
„danken an Willkühr freien Spielraum.“

„Eine Vereinigung auserlesener Geister verschaffte Mailand
„den Titel des italienischen Athen, und obwohl die Regierung die
„Presse weder begünstigte noch anerkannte, hatte diese hier doch we=
„niger Hindernisse als anderswo...... Auch wurden da solche
„Schriften eingeführt und neu aufgelegt, die im übrigen Theile
„Italiens verboten waren; der Verkehr mit ausländischen Büchern
„war sehr lebhaft; wissenschaftliche Congresse, für andere Länder
„ein Schreckbild, versammelten sich da dreimal; der Unterricht war
„sehr verbreitet und selbst in den kleinsten Dörfern hatte man
„Schulen errichtet; und wenn man die Schulen für gegenseitige
„Belehrung untersagte, weil sie den Carbonari als Deckmantel
„dienten, so hat man dafür die Bewahranstalten zugelassen, welche
„anderswo allenthalben verwehrt wurden, und deren Stifter, der
„in Turin ungern geschn war, erhielt in der Lombardei Ehren und
„Auszeichnungen.“ —

Man sieht aus dem Bilde, welches dieser belobte Geschichts=
schreiber von dem Zustand unserer italienischen Länder vor 1848
entwirft, daß diese keineswegs sich in einer so traurigen und ver=

zweifelten Lage befanden, die ihre höchste Unzufriedenheit erregte und sie zur Empörung trieb. Er läßt in weiterer Folge auch der aufgeklärten Erziehung, dem gebildeten Priesterstand und den erleuchteten Bischöfen ihr gerechtes Lob widerfahren; erklärt, daß den Jesuiten und Mönchen, wenn wo welche erschienen, kein Einfluß eingeräumt war, keine Ausnahme vor Gericht stattfand; gibt den Stand der Sparkassen als sehr blühend und die Vereine für Verkehrbeförderung, für Brandschadenversicherung, für Baumwoll- und Flachsspinnerei als wohlvermögend an; hebt hervor die vorzügliche Fluß- und Seeregulirung, die zahlreichen und gutgebauten Straßen, vom Staate und von der Gemeinde angelegt; und fährt dann also fort:

„— Der Fremde, der zufällig irgendwo in der Lombardei ein-
„kehrte, und der auf Treu und Glauben der Zeitungen und anderer
„Schriften da nichts anderes erwartete, als nur solchen Leuten zu
„begegnen, deren Arme durch die zum Nutzen des deutschen Herr-
„schers aufgezwungene Bodenbearbeitung ganz entkräftet waren und
„von deren trübseligen und argwöhnischen Gesichtern jede Lebens-
„freude schwand — wäre erstaunt gewesen, in diesem ergiebigen
„Lande reiche Bauern, die das Bewußtsein ihrer eigenen Würde
„hatten, anzutreffen; die Tagwerker befanden sich da nicht schlechter
„als anderwärts, und wenn dem so war, so war die angeborne Un-
„genügsamkeit die Ursache davon. Mailand schwamm im
„Überfluß und im Luxus, seine Kaufleute standen in ihrer
„Geschicklichkeit den berühmtesten und in ihrem Credit den reichsten
„nicht nach. Unter den einträglichsten Beschäftigungen glänzte die
„der Schauspieler, zu deren Vorstellungen auf einem der ersten
„Theater Europas, die ausgezeichnetsten Personen strömten,
„wie auch die öffentlichen Spaziergänge eine Versammlung von

„Equipagen zeigten, die an Eleganz die der Wiener und Parifer
„übertrafen."

Die jungitalienifche Schule, die ftets bewegliche Partei, deren
Banner „l'Italia una" voranträgt, fieht die Dinge auch in keinem
fchlechtern Lichte. Die nachfolgenden Worte des mazziniftifchen
Schriftftellers, der nebft vielem Weihrauch für die Franzofen ein
Stäubchen davon auch an Öfterreich vertheilt, werden diefe uns
vertheidigenden Angaben ihrerfeits richtigftellen: „ — — Alle Fortfchritte, welche Italien im Bereiche der Intereffen, der Ideen und
der politifchen Geftaltung in den letzten fünfzig Jahren gemacht hat,
verdankt es faft ausfchließlich dem Geifte und der Ideenrichtung
der franzöfifchen Revolution und den Eroberungen Napoleons. Da
ich auch überzeugt bin, daß die Wahrheit, von welcher Art fie auch
fei, der Sache meines Vaterlands nie fchaden kann, behaupte ich
ferner: daß das Königreich Lombardo=Venetien un-
ter der öfterreichifchen Herrfchaft in keiner Weife
zurückgeblieben ift. Es wird von den aufgeklärteften Patrioten diefes Königreichs laut bezeugt, daß wenn auch ihr Land,
feitdem es öfterreichifch ift, keine großen moralifchen und geiftigen
Fortfchritte gemacht hat, fo bleibt es deswegen doch nicht minder
wahr, daß es keinem der andern italienifchen Staaten nachfteht.
Alle übereinftimmen im Gegentheil in dem Erkenntniß, daß gewiffe
den Fortfchritt hemmende Einflüffe, welche auf das geiftige Leben
der Völker in den andern einheimifchen Staaten erfchwerend ein-
wirken, den Ländern Öfterreichs gänzlich fremd geblieben find, und
was die Ordnung in den adminiftrativen und materiellen Angelegenheiten des Landes betrifft, fo wird gewiß Niemand die Behauptung wagen wollen, daß das lombardifch=venetianifche Königreich in
diefer Beziehung gegen den päpftlichen, toscanifchen oder neapolita-

nischen Staat einen niedern Rang einnimmt. Ungeachtet dessen muß ich offen gestehen, daß es mir mehr Befriedigung gewähren möchte, die Lombardei unter einer nationalen Regierung äußerst unglücklich zu sehn, als sie noch so glücklich unter einem fremden Joche zu wissen"........*)

Dieses Bekenntniß einer schönen italienischen Seele, ihr Vaterland lieber im nationalen Unglück als andererart glücklich zu sehn, werden wir später zu würdigen Gelegenheit haben — constatiren wir für jetzt blos die Thatsache, daß selbst Jung-Italien der österreichischen Regierung die Anerkennung nicht versagen kann, daß sie das Wohl ihrer Unterthanen, wohlgemerkt auch der italienischen, sehr befördert hat und zu befördern stets bestrebt war. Wie gut muß doch eine Verwaltung gewesen sein, wenn ein so glühender Italiener und entschiedener Republikaner sein Lob, das für uns natürlich nur ganz karg abtröpfeln kann, doch spenden muß!

---

*) L'Italia nelle sue relazioni con la civiltà moderna, aus dem Französischen von L. A. Mazzini, Tom. I, sez. II, c. I pag. 143.

# VII.

Wenn die Verbindung der italienischen Provinzen mit Österreich im Rechte und in den Verträgen begründet ist; wenn sie
weder die Protestation irgend einer Regiernng noch die der Ein-
wohner zur Folge hatte; wenn sie vielmehr durch den Richterspruch
der Großmächte und durch ihren wohlerwogenen Rathschluß die
internationale und durch die Einwilligung des Volkes und seiner
Bevorzugten die nationale Sanktion empfing; wenn endlich auch
die Maßnahmen der kaiserlichen Regierung und ihre Vorkehrungen
nur des Landes Blüthe und Wohlfahrt anstrebten und, wie wir
sattsam nachgewiesen, auch mit glücklichem Erfolge erzielten: welcher
Grund kann demnach für die Losreißung Venetiens noch Geltung
haben? Welchen Vorwand will man der öffentlichen Meinung noch
mit einiger Glaubwürdigkeit aufbringen?

Sagen wir es rund heraus: hier ist nichts als habsüchtige
Selbstbereicherung, nichts als schmutziger, unflätiger Eigennutz.
Louis Napoleon hat für seinen Vetter eine Frau gebraucht, er
wollte und mußte eine Prinzessin haben, Victor Emanuel gab diese
her: der mußte entschädigt werden. Die Lombardei wird als
Preis gegeben; Toscana, Modena und Parma mit in den Kauf
hinein. Die eigene Tasche kann jedoch nicht leer ausgehn: Savoyen
und Nizza werden eingesackt, und so bei diesem noblen Handel
noch ein schönes Profitchen geholt. Hat man das Eisen heiß gemacht, warum soll man's denn nicht schmieden? Hat man so leicht
die Lombardei erhascht, warum soll man denn nicht auch Venetien
kriegen? Hat man Savoyen und Nizza so fein listig eingesteckt,
warum denn nicht auch Genua und noch ein Ländchen? Hat man

Europa mit dem Liede von der Ideenkriegführung so schön einge-
lullt, warum soll man's denn nicht mit der Nationalitäten-
Melodei auch versuchen? Nebenbei wächst ein Stück Gloire
pour la grande nation, nebenbei bekommt die französische Armee
ihre kriegsüchtige Beschäftigung, nebenbei wird durch diese auswärtigen Händel die Ruhe in Frankreich erhalten, nebenbei wird
die liebe Dynastie mit ihrer Despotie durch Civilisation und Völker-
befreiung eingeräuchert und vor Fäulniß bewahrt, und das drohende
Wetter des revolutionslustigen Volkes, der unzufriedenen Parteien,
der geknebelten Presse, bekommt so seinen ausländischen Blitzab-
leiter. —

Es ist also nur der Ehrgeiz und die Gewinnsucht, die sich
mit einander verbunden haben, um andere Staaten anzufallen und
zu berauben; es sind nur dynastische Vortheile und das schnödeste
Interesse, welche Frankreich und Piemont zu ihren verheerenden
Eroberungszügen treiben; das eine will seine Regierung befestigen
und seine Prinzen versorgen, das andere sein Reich vergrößern und
seine Herrschsucht befriedigen. Eigennutz hie, Eigennutz da! Man
lasse also die Phrasen von Freiheit und von Beglückung der Völker
ganz beiseite; man proklamire nicht den Schutz und die Rettung
der Nationen, wenn man diese Nationen nur plündert und tyran-
nisirt, und sie daher nicht schützt und nicht rettet. Europa läßt sich
nicht mehr durch einen Bramarbas irreführen; es hat diesen Galli-
mathias bereits wehleidig studirt, und versteht sein Kurwälsch
schon Wort für Wort! Man gebe es also auf, Glück zu geloben
und Unglück zu säen, Krieg zu führen und Frieden zu heucheln,
Freiheit zu predigen und Knechtschaft aufzubürden: — man ver-
schone Europa mit diesem satanischen Manöver, und verzichte
endlich darauf, es ferner noch zu belügen und zu betrügen! Will

man die Feindseligen befreunden und Unzufriedene befriedigen, so
fange man nur hübsch bei sich selber an; es gibt in Frankreich solche
Leute genug, denen auf diese Art geholfen werden kann; es gibt
in England eine irische Masse, für die irenisch noch viel zu schaffen
ist; es gibt in Asien eine indische Race, deren Wohl noch viel zu
wünschen übrig läßt, deren Unzufriedene man aber durch Kanonen
wegbläst! — Will man überhaupt die Mißgestimmten aller Länder
befriedigen: dann reiße man jeden Staat in Stücke, bilde aus
diesen Brocken neue Staaten — und zerstücke dann diese wieder,
denn werden hier sich nicht auch Unzufriedene vorfinden? Und so
zerstöre man jede Ordnung und zerreiße jeden staatlichen Verband,
löse alle Völker und alle Klassen auf, und menge dann auch alle
Vermögensverhältnisse und alle Gewerbe durcheinander: denn kann
nicht das Individuum auch Anspruch auf Verbesserung seiner Lage
haben? — Man zertrümmere also die Gesellschaft und erkläre das
Chaos in Permanenz! — —

Aber man hat die Ansprüche der Nationalität geltend
gemacht, man beruft sich auf die gemeinsame Abstammung und auf
die sprachliche und sittenerbliche Zusammengehörigkeit. Nun wohl!
wir wollen diesem Nationalitätsprinzip auch einige Be-
trachtungen widmen.

# VIII.

Es geben weder die Lehren der Geschichte in ihrem Hinweis auf die ältesten und frühesten Staatsformen noch die Anleitungen der berühmtesten Staats= und Rechtslehrer irgend eine Recht=fertigung der Annahme, als sei die unvermischte Nationalität ausschließliche Gründerin von Staaten gewesen, oder als habe sie je den alleinigen Kitt zu ihrem vielgliederigen Festgefüge gegeben. Der Spruch der Geschichte des Alterthums, des Mittelalters so wie der neuen Zeit lautet vielmehr dahin, daß zur Bildung eines Staates zumeist verschiedene Nationalitäten sich ver=einigten, und daß ein Staat um so größer und mächtiger ward, je mehr er deren zu verbinden und zu assimiliren verstand.

Die Pelasger Altgriechenlands verdankten ihre Stamm=bildung und Volksvereinigung den Ansiedelungen der Ägypter (in Attika), der Phönizier (in Böotien) und der Phrygier (im Peloponnes). Die Pelasger wurden durch die Hellenen überwältigt, welche ihrerseits wieder in die drei Stämme der Dorier, der Jonier und der Aeolier zerfielen und sich doch staatlich vereinigten. Die später auf der Westküste Kleinasiens ge=gründeten jonischen Kolonien bildeten trotz der Verschieden=heit der Bevölkerung doch einen mächtigen Staatenbund. Dieselbe Verschiedenheit hinderte auch durchaus nicht die äolische und dorische Staatseinrichtung.

Dasselbe Beispiel gibt uns das alte Rom als Königreich, als Republik und als Kaiserstaat. Ein gemeinsames Band verknüpfte schon unter dem König Titus Tatius die Sabiner, die Latiner und die Etrusker, von denen jedes wieder ein Misch=

voll von Eingebornen und Eingewanderten war. Die römische Republik rekrutirte sich aus den Volskern, den Aequern und den Hernikern; diese wie die Samniter, die Umbrer und die senonischen Gallier gaben den Grundstock zu ihrer zahlreichen Bevölkerung und zu ihren mächtigen Heeren. Das Kaiserreich vergrößerte sich wieder durch die Celten, die Briten, die Spanier und Dacier; der Gründer von Civitavecchia, der römische Kaiser Trajanus, war selber ein Spanier. Desgleichen vereinigte Theodosius der Große, auch ein Spanier, das Morgenland und das Abendland zu einem gewaltigen römischen Reich mit seinen vielsprachigen Völkerschaften und unzähligen Nationalitäten.

Der Staat ist also nicht die Schöpfung einer einheitlichen und ungetheilten Nationalität, sondern es hat sich sehr oft die Nationalität durch den schon bestehenden Staat erst herausgebildet. Geleitet durch eine über alle gleichmäßig sich erstreckende Staatsgewalt, regiert durch gleiche Gesetze, verbunden durch das eng umschließende Band gemeinsamer Interessen und angespornt durch den wohlgenährten Wetteifer für das Staats- und Gesammtwohl, haben sich dann die verschiedenen Nationalitäten vermittelst der Handelsberührungen und der gemeinschaftlichen Kriege in einander verschmolzen und sind eine Nation geworden. So hat Griechenland unterschiedliche fremde Stämme gräcisirt; so hat Rom die Gallier, die Briten, die Spanier und selbst die Griechen latinisirt und romanisirt!

Das Mittelalter und die neue Zeit liefern noch in den jetzt bestehenden Staaten den sprechendsten Beweis dieser National-Bildungsart, und bekräftigen auch den daraus abgeleiteten Erfahrungssatz. Jeder der heutigen europäischen Staaten hatte oder hat noch verschiedene Nationalitäten. Alle bildeten sie sich durch die Vereinigung abgesonderter Völker von unähnlichem Nationale. Selbst die sprachlich einigsten, selbst die compacteste Nationalität, selbst Frankreich, selbst Spanien und England machen von dieser Schöpfungsregel keine Ausnahme. Die Einigung Frankreichs bildete sich erst unter den Regenten des Hauses Valois (1328), wie Guizot in seiner Geschichte der europäischen Civilisation so trefflich nachweist. Vor dieser Zeit, unter den Karolingern und Capetingern (843 und 987), lebten da noch unabhängige Herzoge und Grafen mit ihren verschiedenen Völkern und Nationalitäten: es gab da Bretannier, Normannen, Picardier, Burgunder, Gasconier und die von den römischen Einwohnern benannten Provençalen. Frankreich hat sie alle zu Franzosen gemacht. — Spanien in seiner jetzigen Einheit datirt aus einer noch spätern Zeit. Mehr als vier Jahrhunderte hindurch (1038—1492) herrschten nach den Omeijahden die aragonischen, die castilischen und die maurischen Könige in getrennter Selbstständigkeit mit abgesonderten Volksstämmen neben einander. Erst die Vermählung der Königin Isabella von Castilien mit Ferdinand dem Katholischen von Aragonien vereinigte die beiden Königreiche mit dem durch die Siege über die Mauren eroberten Granada, und bewirkte die einheitliche Gestaltung des spanischen Königreichs.

Mehr oder minder ähnliche Vorgänge und Verschmelzungen finden wir auch bei der englischen, deutschen, dänischen, schwedischen, russischen und polnischen Nationalität; wir können uns mit den Einzelheiten hier nicht weiter befassen. Es genügt den durch alle Zeiten geführten Nachweis geliefert zu haben, daß das Prinzip der Nationalität in keiner Epoche eine staatsbildende Veranlassung war, sondern daß die europäischen

Staaten, jetzt wie in der Vorzeit, sich durch verschiedene Natio=
nalitäten constituirten und zusammenfügten. Letztere wurden ge=
wöhnlich erst durch die Staaten assimilirt und nationalisirt,
und bethätigten dann für ihr gemeinsames Vaterland die kindliche
Liebe und Anhänglichkeit. Patria omnes omnium caritates
complectitur, sagt Cicero.

## IX.

Das öffentliche Recht so wie das Völkerrecht nehmen ebenso
wenig Bezug auf dieses der italienischen Staatsschöpfung als Vor=
wurf dienende Prinzip. Die gewiegtesten und gepriesensten Staats=
rechtslehrer geben nicht die leiseste Andeutung darüber, wie diesem
Prinzip Rechnung zu tragen sei, noch weniger belehnen sie dasselbe
mit irgend einem Vorrecht. Nicht Hugo Grotius und seine
Commentatoren, nicht Wolf, nicht Vattel und nicht Martens
verleihen ihm einen Gesetzartikel zur Stütze seiner staatlichen oder
völkerrechtlichen Wichtigkeit. Keine bessere Auszeichnung widerfuhr
ihm von dem Verein der europäischen Staatslenker, den irgend
ein Friedensschluß bis jetzt zusammenrief. Von dem westfälischen
bis zum jüngsten Pariser Frieden (1648—1856) hat kein euro=
päischer Congreß diesem Prinzipe Berechtigung oder auch nur
Erwähnung angedeihen lassen. Im Gegentheil wurde dem Natio=
nalitätsprinzip aus Rücksichten für das Staatswohl allezeit
schnurstrats zuwider gehandelt. Im westfälischen Frieden erhielt
Frankreich das österreichische Elsaß und Breisach, erhielt
Schweden Vorpommern und die deutschen Städte Stettin,
Wismar, Bremen und Verden. Nach dem Frieden von Aachen

(1668) betheiligte man Frankreich mit einer Anzahl f l a n d r i s c h e r Grenzstädte, die von V a u b a n dann zu unüberwindlichen Festungen umgestaltet wurden. M i t t e n  i m  F r i e d e n  riß Ludwig der XIV. die deutsche Freistadt S t r a ß b u r g an Frankreich (1681), trotzdem daß er früher gutwillig die Stadt F r e i b u r g im deutschen Breisgau bekam, und beide wurden ihm d e u t s c h e r  S e i t s im Frieden von Ryswick (1697) schließlich zuerkannt. Kraft der Verträge zu Utrecht und Rastatt (1713—14) besitzt England das s p a n i s c h e Gibraltar und wurden an Österreich M a i l a n d , N e a p e l , S i c i l i e n und die spanischen Niederlande abgetreten. Durch den Sieg S u w a r o f f ' s über K o s c i u s k o und die darauf erfolgte Erklärung der drei Großmächte (1794/5) wurde die früher schon eingeleitete Theilung Polens endlich ganz vollzogen, und Rußland, Preußen und Österreich erhielten jedes einen p o l n i s c h e n Gebietsantheil. —

Ingleichen hat der Wiener Congreß in unsern Tagen Provinzen und Länder vertheilt, ohne auf die Nationalität die mindeste Rücksicht zu nehmen. Es wurde da zwar viel über Polen verhandelt, doch nur insofern, als man Rußland nicht das ganze Herzogthum Warschau überlassen und sein Übergewicht dadurch nicht noch mehr verstärken wollte; aber von der Herstellung der polnischen N a t i o n a l i t ä t war nie die Rede. Ebenso vermochten es Österreich und Preußen trotz ihrer nachdrücklichen Reclamationen nicht dahin zu bringen, daß Elsaß und Lothringen dem deutschen Bund einverleibt werde, sondern man beließ dieselben bei Frankreich nach wie vor *).

---

*) Einer der beredtesten Fürsprecher zu Gunsten der Losreißung dieser Provinzen war Freiherr v. Gagern. „Es ist keine Frage, schreibt er, daß Frankreich nach seinen Revolutionen . . . . . durch eine unersättliche Er-

Wie konnte auch der Wiener Congreß sich auf Nationalitäten
einlassen! Er, der im Namen von Staaten tagte, von denen jeder
aus mehreren Nationalitäten zusammengesetzt war: er hätte sich
selbst das Todesurtheil geschrieben. Dieses vernichtende Urtheil
müßte auch heute alle Großstaaten betreffen, wenn man die Rechts-
giltigkeit dieses Prinzips nur für einen Augenblick einräumen wollte.
Wie könnte England ohne Irland, ohne Indien, Canada, Gibraltar
und Malta bestehn? Wie könnte Frankreich ohne Elsaß, Lothringen,
Algerien und Corsica bestehn? Wie verhielte es sich mit Rußland
ohne seine Ostsee-Provinzen, ohne Finnland und ohne Polen?
Welche Stellung hätte Preußen ohne Posen? Und was würde gar
aus Österreich werden?

Aber auch die kleinern Staaten, auch die Schweiz und Piemont
müßten zerfallen, weil beide gemischte Nationalitäten einschließen
(letzteres besitzt gar in seiner Insel Sardinien ein hundert sechzig
italienische Meilen vom Mutterlande entferntes Gebiet, auf dem
man eine Sprache spricht, die ebenso wenig italienisch ist als das
Spanische —); und so müßte es auch der Türkei, Dänemark und
Andern ergehen.

Wenn man die italienischen Männer der Umsturzpartei, wenn
man Mazzini, Gioberti und Balbo anhört, wäre dies
freilich eine sehr leichte Sache; um ihnen zu gehorchen, müßte man
nicht allein das Prinzip der Nationalität in das öffentliche Recht
aufnehmen, sondern auch augenblicklich und ungesäumt ganz Europa

oberungslust sich zum Unhold, zur nation malfaisante hinreichend, ja bis
zum Übermaß gestempelt hatte. — Dafür ließ man es büßen. Aber man
hat bei weitem nicht Gleiches mit Gleichem vergolten. Zu
großmüthig, weil man bereits wieder darunter leidet." —
(„Kritik des Völkerrechts," S. 198).

in Trümmer werfen. Nach Mazzini („L'Italia nelle sue relazioni etc.") muß man das europäische Gebäude ganz umstürzen und lauter National=Staaten auf sozialistisch=republikanischer Basis errichten. Die Welt, sagt er, geht nicht wie sie gehen soll; sie geht überhaupt nicht nach den Geboten Gottes, von denen sie sich sehr entfernte, und tagtäglich sich immer mehr entfernt; man muß sie daher besser einrichten, und zwar genau nach den Lehren, die er und Seinesgleichen „von Oben" empfing. — Nach Gioberti (in seinem hinterlassenen Werke: „Il Rinuovamento civile d'Italia") muß Europa eine gänzliche Umschaffung erleiden, und seine Wiedergeburt kann nur durch eine allgemeine Revolution Leben gewinnen. Man müsse vor allem zerstören, ehe man aufbaut oder auch nur reformirt! Staaten mit mancherlei Nationalitäten, meint er, tragen in sich den Keim der Auflösung und des Todes, stören das politische Gleichgewicht, und da die nationalverschiedenen Theile sich gegenseitig hemmen und abstoßen, schwächen sie einen derlei Staat und lähmen seine Thatkraft nach innen und nach außen. — Nach Balbo („Le Speranze d'Italia") muß ganz Italien absolut unabhängig werden; jedes Land müsse, wenn es glücklich sein will, durchaus unabhängig sein. Ist auch nur ein Theil davon unter fremder Herrschaft, so sei das ganze Land unglücklich; Österreich besitzt noch einen Theil von Italien, ergo — ist ganz Italien unglücklich; deswegen gehen da die Dinge so schlecht, deswegen kann da keine Ordnung Platz greifen und deswegen sei hier auch kein Wohlstand denkbar: denn „ohne nationale Unabhängigkeit sind alle andern Güter nichtig und werthlos!"

Aber die Geschichte aller Zeiten straft diese Weltverbesserer und falschen Profeten Lügen. Hat Roms gewaltiges und unabhän=

giges Reich etwa nur e i n e Nationalität gezählt? Oder hat es
etwa deswegen den Todeskeim in sich getragen, weil es die hetero-
gensten Völker in seinen Staatsverband aufnahm? Nichts von
alledem: der römische Staat hat d i e v e r s c h i e d e n s t e n  u n d
u n g l e i c h a r t i g s t e n  N a t i o n a l i t ä t e n, die je unter irgend
einer Herrschaft vereinigt waren, sich unterthänig gemacht und bestand und blühte trotzdem m e h r  a l s  v i e r z e h n h u n d e r t
J a h r e! Sollen wir auch von uns, sollen wir auch von Österreichs s e c h s h u n d e r t j ä h r i g e r ruhmreicher Geschichte und seiner
sich immer verjüngenden Machtfülle reden? Sollen wir noch auf
die furchtbaren Kämpfe, die dieser polyglotte Kaiserstaat gegen
mächtige Coalitionen unter Friedrich und Napoleon führte und
mit Hilfe seiner nationalverschiedenen Völkerschaften auch siegreich
überdauerte, hinweisen? Es genügt an der gegebenen geschichtlichen Umschau und. an einem Blick auf die nationale Beschaffen-
heit aller Reiche der Jetztzeit um folgende historische Wahrsprüche
als unwiderlegbar und unumstößlich festzustellen:

1. Daß kein Staat seine Entstehung oder seinen Fortbestand
dem Prinzip der Nationalität zuschreiben kann;

2. daß die Staaten das langwierige Werk sind der Zeiten, der
Jahrhunderte, der Begebenheiten, der An- und Gegentriebe, der
Kriege, der Verträge und der dynastischen Heirathen;

3. daß die Nationalität nie das Recht oder die Veranlassung
geben kann, einen Staat zu lähmen oder sich auf dessen Sturz auf-
zubauen;

endlich 4. daß die Civilisation, der Fortschritt, das Wohl
und die Machtentfaltung eines Staates durchaus nicht von der
Nationaleinheit und der Gleichartigkeit seiner Bevölkerung bedingt

ift; und daß die Civilisation nie das ausschließliche Monopol einer Nationalität sein oder werden kann.

Die Vorsehung hat die Völker ohne Rücksicht auf ihren Ur= sprung, ihre Abstammung oder Sprache vertheilt; sie hat sich bei dieser weisen Vertheilung auch keineswegs an „natürliche Grenzen," an Meere, Flüsse oder Berge gebunden; sie hat von ihren Gütern und Gaben Niemandem was vorbehalten, Keinen zurücksetzen wollen; sondern hat den weiten Erdball allen Menschenkindern zur Wohnung gegeben, damit sie sich nach ihren Rathschlägen zu Familien, zu Staaten vereinigen, nach Hang und Drang sich beschäftigen, sich verbessern, sich veredeln, und in Eintracht und im friedlichen Ver= kehr sich unterstützen, sich vervollkommnen und verbrüdern sollen. Welches Vorrecht kann die Gleichartigkeit eines Volkes gegenüber einem andern vermischten sich vindiciren? Welchen Einfluß kann die Einheit der Nationalität auf die Civilisation und auf den Fort= schritt nachweisen? Welche blühenden und glücklichen Zustände, welche beseelenden und bildenden Elemente zeichnen den National= staat vor allen andern aus? Sind etwa Spanien und Neapel mit ihren compacten Nationen weiter vorgeschritten als England, Frank= reich und Österreich mit ihren gemischten? — Die hier abgeleiteten Wahrheiten lassen keinen Widerspruch zu, sie finden ihre Stütze nicht minder in der Philosophie wie in der göttlichen Offenbarung, nicht minder in den Gesetzgebern und Weltweisen der Jahrtausende wie im Volke selbst, und nur diese falschen Apostel und Um= sturzprediger können da noch ihre Augen verschließen, um ihren Utopien und unheilvollen Planen, von deren Ausführbarkeit sie oft selbst nicht überzeugt sind, nachzuhangen, das Volk in den Abgrund zu stürzen und sich dann davonzumachen. Ist nur erst der Weg gebahnt, denken sie, das Übrige gibt sich, und Ort und

Zufall fügen das Weitere, „Cammin facendo la somma si
drizza."

Wir wollen auch diesen Maulhelden einen Spiegel vorhalten,
wir wollen hier noch die Autorität eines sehr populären, hochge=
schätzten und berühmten Mannes anrufen, eines Mannes, der es
mit dem Volke und mit seiner Freiheit und Selbstständigkeit ebenso
gut und noch besser meint als irgend einer von ihnen. In seinem
Werke:. „Einfluß der herrschenden Ideen des 19. Jahrhunderts auf
den Staat," spricht sich Baron Eötvös folgendermassen aus:

„So verschieden die Richtung auch war, in welcher man das
„Prinzip der Nationalität verfolgt hat, so war dasselbe doch
„überall auf die Auflösung des bestehenden Staa=
„tes gerichtet. In Deutschland und Italien, wo man im Namen
„dieses Prinzips die Vereinigung selbstständiger Staaten zu einem
„großen Ganzen, und in Österreich, wo die Sonderstellung jeder
„Nationalität begehrt wurde, würde das Ergebniß der Bewegung,
„wenn sie ihr Ziel erreicht hätte, dasselbe gewesen sein, nämlich
„die Auflösung der bestehenden Staaten. Auch braucht
„man sich blos der ethnographischen Verhältnisse aller bestehenden
„Staaten zu erinnern, um einzusehen, daß die Resultate aller im
„Namen des Prinzips der Nationalität entstandenen Bewegungen
„nicht durch Fehler oder Verbrechen Einzelner, sondern eben durch
„die Natur der Dinge selbst für das Bestehen aller Staaten so ge=
„fährlich geworden sind. Es besteht kein Staat in Europa,
„welcher seine gegenwärtigen Grenzen behalten
„könnte, wenn sie nach den Sprachgebieten gezogen
„werden sollten...... Die Einheit aller Italiener muß die
„österreichische Monarchie auflösen, und England, ja selbst
„Frankreich um einen Theil seines Territoriums

„bringen, während Frankreich den gleichen Anspruch auf einen
„Theil Belgiens und auf Savoyen machen kann, und dafür einen
„Theil seines Gebiets an Spanien abtreten muß; — des türkischen
„Reiches wollen wir gar nicht erwähnen, ebenso wenig der Schweiz,
„die in demselben Augenblick als der Grundsatz wirklich durchge-
„führt wird, zu bestehen aufgehört haben würden. Daß eine
„politische Revolution von dieser Größe und Aus-
„dehnung zugleich zur größten sozialen Auflösung
„führen müsse, daß man alle staatlichen Verhält-
„nisse nur mit den Verhältnissen jedes Einzelnen
„zugleich zerstören kann, versteht sich von selbst,
„besonders wenn man bedenkt, daß bei der vielfachen Mischung der
„Nationalitäten, welche wir in Europa finden, bei den zahllosen
„Enclaven, jedes Entstehen größerer Staaten für
„alle Zeit unmöglich gemacht wird, und daß, wenn
„man das Prinzip des historischen Rechtes durch die consequente
„Einführung des Prinzips der Gleichberechtigung der Völker ver-
„nichtet hat, durchaus kein Grund zu finden ist, warum man das-
„selbe nicht auch in den Verhältnissen aller Einzelnen thun
„sollte." — —

Es gibt nicht leicht eine politische Ansicht, die weiser und staats-
männischer die Weltlage beurtheilt hätte. Diese im J. 1851 ge-
schriebenen Worte des ungarischen Patrioten und gelehrten Aka-
demikers haben durch die heutigen Begebenheiten ihren faktischen
Commentar und durch die Logik der Thatsachen ihre unwiderstehliche Überzeugungskraft erhalten. Die Richtung, die das National-
litätsprinzip bereits genommen, hat schon die Auflösung von fünf
Staaten herbeigeführt, und tangirt noch an die weitere Auflösung anderer Staaten. Frankreich hat durch die Einverleibung

Savoyens und Nizzas sein Territorium thatsächlich erweitert, aber nichts von seinen nationalverschiedenen Gebieten abgetreten. Frankreich annexirt, gibt aber nichts heraus. Es bedroht die Existenz Belgiens, und hat die Sicherheit der Schweiz nicht allein gefährdet, sondern sie schon ihrer Rechte gewaltthätig beraubt, und ihren weitern Bestand, aller Proteste ungeachtet, ganz von seinem Belieben abhängig gemacht. Eötvös meint, daß das Bestehen größerer Staaten unmöglich gemacht wird, — Louis Napoleon kennt aber keinen andern Staat als Sich — und Frankreich, das ist wieder Sich. Eötvös sagt: „Den Communisten wirft man als Inconsequenz vor, daß sie jedes individuelle Eigenthum angreifen, ohne doch das Recht jedes Volkes zu seinem Land in Zweifel zu ziehen; aber die Anhänger des Nationalitätsprinzips fangen den Communismus beim Staate an, weil der erstere Bankerott litt." — — Der Communismus sitzt aber jetzt auf dem Throne und wird ganz anders übersetzt: er heißt nicht mehr Communismus, sondern Napoleonismus; er schreit nicht mehr: „Eigenthum ist Diebstahl," sondern: Selbstständigkeit ist Verbrechen und Frankreich über Alles; er will auch keine allgemeine Gleichberechtigung, sondern eine allgemeine Gleichverknechtung; er will auch die Gesellschaft nicht auflösen, sondern sie fest, sehr fest — an Frankreich binden. Communismus ist ein rauhes, bankerottes Wort — aber Nationalitätsbefreiung klingt gar schön, lockt die Völker und betäubt die Könige und ihre Staatsmänner.

Europa möge nun zusehen, wie man es weiter einrichten wird; — Rußland und Österreich haben ihren Tribut an Frankreich bereits gezahlt; England hat den Nationalitäts-Katechismus ganz auswendig gelernt, es fürchtet die französische Zuchtruthe, und ist daher schön folgsam und gehorsam; und Preußen schickt sich eben an, eine Lektion zu bekommen, sein König macht schlechte Fortschritte im Französischen. Dann wird sich alles prächtig machen.

---

## X.

Nachdem wir die Grundsätze der Nationalität mit den bestehenden europäischen Verhältnissen wie mit den Rechtsbegriffen der Staatsordnung als unvereinbar erwiesen haben; nachdem der Ideenkreis und die Plane der Umsturzpartei uns die Überzeugung verschafften, daß diese unausführbaren Grundsätze nur als Sauerteig zur allgemeinen Gährung und Empörung benutzt werden; nachdem die jüngsten Ereignisse es auch so traurig illustrirend gezeigt haben, daß der Communismus sich mit dem Napoleonismus identifizirt hat, um den Nationalitätsschwindel — leider ist das nicht der einzige Schwindel, den wir von Paris her bekamen — für seinen Eigennutz, seinen Ehrgeiz und seine Herrschsucht auszubeuten: müssen wir auch noch einen uns von jener Seite gemachten Vorwurf, der mit unter die Beweggründe des Krieges zählte, entkräften.

Als eine der Hauptanschuldigungen gegen Österreich bediente man sich seines angeblichen Einflußes in Italien. Die in Paris im ersten Jahresviertel 1859 erschienene Broschüre „Napoleon III. und Italien," deren Ursprung keinem Zweifel unterliegt, widmet den achten Abschnitt ganz diesem unwahren Einfluße. Es wird da hervorgehoben, daß die österreichische Herrschaft auf Italien im Norden wie im Centrum und im Süden laste; es heißt da wörtlich: „— — In Neapel, in Parma, in Florenz, in Modena, überall wo Österreich durch seine Verträge, seine Rathschläge,

welche Befehlen gleich kommen, und durch seine Garnisonen regiert,
ist Empörung des italienischen Gefühls, die in Revolution aus-
arten kann." Mit jener Arglist und Perfidie, mit jener Fälschung
der Wahrheit, die man in allen Aktenstücken des zweiten Dezember
wahrzunehmen gewohnt ist, wird das Vorhandensein des revolutionären Elements der österreichischen Einwirkung zugeschoben,
welche beide nur durch das nationale Element, durch eine nationale
Regierung und eine italienische Armee, versteht sich unter napoleo-
nischer Oberhoheit, beherrscht und vernichtet werden sollen.

Da diese Beschuldigung sich vorzüglich auf die Klage der sardinischen Regierung stützt, da sie genau den beiden Noten, welche
die piemontesischen Bevollmächtigten beim letzten Pariser Congreß
den Ministern der Westmächte behändigten, entnommen ist, da sie
auch von den Führern der jungitalienischen Schule, namentlich vom
Abbate Gioberti und vom Grafen Balbo, deren Schriften
wieder den Recriminationen der sardinischen Regierung zur Grundlage dienten, erhoben wurde, so wird eine Erwiederung darauf
nicht überflüssig erscheinen. Es ist vielmehr für den Urtheilsspruch
des unparteiischen Publikums wesentlich nothwendig, daß wir auch
unsern Sachwaltern, immer aus demselben italienischen Lager, das
Wort gönnen, und indem diese Vernehmung ebenso dem geschichtlichen Interesse wie unserer Vertheidigung nützt, wird sie uns auch
zugleich gegen die Einwendung, als kämen wir mit unserer Ent-
schuldigung zu spät und fluxum terminum erst nachgehinkt, recht-
fertigen.

Abbate Vincenz Gioberti stimmt in seinem obgemeldeten
posthumen Werke mit seinen Anhängern darin überein, daß Österreich und das Papstthum das lästige Hinderniß der italienischen
Unabhängigkeit wären und daß infolange die nationale Wiederbe-

lebung auch nicht denkbar sei. Graf Cäsar Balbo zählt zu seinen „Hoffnungen Italiens" vor allem die Vertreibung Österreichs, dessen fremde Herrschaft einen äußerst schweren Druck auf alle italienischen Regierungen ausübe, das den Handel, die Industrie, die Künste, die Wissenschaften, ja jede von der Unabhängigkeit bedingte Thätigkeit lähme, das den Papst in seinen souveränen Beschlüssen und in seinen pontificalen Functionen derart beirre und verhindere, daß die guten Katholiken täglich immer mehr abnähmen, und daß deren Zahl nur dann anwachsen könne, wenn der Papst — nicht mehr unter österreichischer Herrschaft stehen wird. Das, sagt Graf Balbo, wird die ganze Welt so beantworten.

Denen ähnlich, oder vielmehr nachbetend, sprechen sich auch die piemontesischen Staatsmänner aus. In der am 27. März 1856 vom Grafen Cavour und vom Marquis de Villamarina zu Paris abgegebenen Verbal-Note stehen die Schmeicheleien für den alten und neuen Napoleon obenan. Der alte Napoleon habe „wie durch Zauberschlag" die ganze Gestalt Italiens verändert. Die französischen Gesetze, Verordnungen und Verwaltungsmaßregeln hätten da in wenigen Jahren dem Wohlstand und der Civilisation zur mächtigen Entfaltung geholfen, und das Andenken an diese Zeit erinnere — mirabile dictu — an unparteiliche Gerechtigkeit, „starke Administration," Wohlfahrt, Reichthum und militärische Größe. Der neue Napoleon habe die Übelstände, welche die österreichische Regierung in den Legationen verursachte, auch gleich erkannt, und mit dem ihn charakterisirenden Scharfblick die Säcularisation und den Code Napoleon vorgeschlagen. Folgen dann die Anträge und die Rathschläge zur Losreißung der Legationen vom Papste. In einer gleich darauf von denselben am 16. April 1856 an Graf Walewski und an Lord Clarendon gerichteten zweiten Note wird wieder eine erschreckliche Lamentation über den kläglichen Zustand Italiens angestimmt, doch diesmal ist es nicht der Papst sondern nur Österreich, welches militärisch den größten Theil Mittelitaliens und der Po-Ebenen besetzt halte, „und seinen Einfluß auf „unwiderstehliche Weise selbst jenen Ländern fühlen läßt, wo es „keine Soldaten hat.... und sich durch diese unausgesetzten Occu-„pationen zum unbeschränkten Herrscher von fast ganz Italien „macht", daher der Zorn und die Hilfe der Westmächte gegen dasselbe angerufen wird.

Die von unserem früheren Minister Grafen B u o l unterm 18. Mai 1856 an die kaiserlichen Gesandtschaften in Neapel, Rom, Florenz und Modena erlassene Gegennote hat zwar diese Anschuldigungen größtentheils ihrer Wahrhaftigkeit entkleidet, indem sie die absichtliche Entstellung und Verdrehung des Thatbestandes nachwies, und dem Turiner Hofe das Recht absprach, sich der ganzen Halbinsel und ihren unabhängigen Staaten als Censor aufzuwerfen und seine egoistische Protektion solchen Staaten gewaltsam aufzubringen, die nichts von ihm und seinem Schutze wissen wollen. — Aber man möge auch folgende authentische Angaben in den Kreis der unbefangenen Erwägung und Beurtheilung ziehen.

Was Rom betrifft, so sagt selbst der f r a n z ö s i s c h e  G e s a n d t e, der Graf von R a y n e v a l in seiner Note vom 14. Mai 1856 an den Minister des Äußern Grafen Walewski, daß es wahrhaft ungerecht wäre, die päpstliche Regierung blind zu verdammen, ohne sich in deren Leitung die genaueste Einsicht verschafft zu haben.*) Diese Note des napoleonischen Gesandten, welcher die Sä-

---

*) „Quels reproches graves peut-on adresser à l'administration pontificale, et quelle idée se fait-on des hommes qui la compo-

cularifation verwirft und die von den farbinifchen Bevollmächtigten
vorgebrachten Anklagen auf ihren wahren Werth zurückführt, hat in
Frankreich und England großes Aufsehen erregt und den Parifer
Congreß nicht fehr günstig für die Forderungen des Turiner Cabi-
nets gestimmt.

Was den öfterreichifchen verderblichen Einfluß anbelangt, fo
bitten wir um eine billige Berückfichtigung für die nachkommenden
Ausfagen folcher Männer, für deren Autorität wir einzuftehn nicht
nöthig haben. Der mehrerwähnte Hiftoriker Cäfar  C a n t ù  fchreibt
in feiner Gefchichte der Italiener:

„— Man hat alle Übel in Italien Öfterreich zugefchrieben,
„und jeder, der nicht von dem reichen und gelehrten Troß ausge-
„zifcht werden will, muß nothgedrungen fo fchlecht als möglich von
„ihm reden; er muß feine Armee als niederträchtig bezeichnen, fei-
„nen Regenten tyrannifche Neigungen unterfchieben und muß feiner
„Regierung die Abficht zumuthen, daß fie das Land erfchöpfen und
„deffen Intereffe zum Nutzen der transalpinifchen Länder opfern
„will.“ Und über die Beziehungen Öfterreichs zu den italienifchen
Höfen fagt er („Storia degli Italiani“ pag. 189): „Öfterreich
„konnte am Hofe zu Florenz aus Verwandtfchaft eine Art Supre-
„matie beanspruchen, aber in der Regierung hatte es
„gar keine“; dann über den Hof von Neapel: „Ohne daß
„Ferdinand II. von diplomatifchen Fineffen Gebrauch machte, hielt
„er fich doch in einer folchen Unabhängigkeit von
„Öfterreich, daß er nicht einmal mit ihm einen
„Handelsvertrag, noch einen Vertrag über das

---

sent?..... Il ne serait vraiment pas juste de les condamner à
l'aveugle et sans se rendre un compte exact de leur conduite.“

„literarische Eigenthum eingehen wollte." — Ebenso unabhängig waren, wie Catinelli aus glaubwürdiger Quelle versichert, die Höfe von Modena und Parma.

Interessant sind die Vorlagen, die über die Selbstständigkeit des Turiner Hofes Aufschluß geben. Der rechtsgelehrte piemontesische Minister Graf Dal Pozzo, dessen wir bereits früher gedachten, drückt sich also aus: „ — Ich glaube mit gutem Grund „schließen zu können, daß Piemont von der österreichischen Monarchie „nicht verschlungen werden dürfte, obwohl diese, nach meiner Meinung, heute in vieler Beziehung so weise regiert wird, daß ich den „Wunsch nicht unterdrücken kann: durch das Beispiel und die „Rathschläge Österreichs einen heilsamen Einfluß auf die innere „Verwaltung Piemonts üben zu sehn. Dieser Einfluß hätte im „Jahre 1814 wirklich vorwalten sollen, dann hätte der Regierungs= „wechsel in Piemont sich auf dieselbe Weise vollzogen, wie man ihn „in der Lombardei angeordnet und ausgeführt hat."

Dieser berühmte Staatsmann zeigt im 32. Kapitel seines oben zitirten Werkes („Della felicità etc." pag. 131), wie falsch die gegen Österreich geschleuderte Beschuldigung ist, daß es sich über die italienischen Staaten einen ungebührlichen Einfluß anmaße. Dieses ganze Kapitel handelt „von den Vorurtheilen der Liberalen gegen Österreich". Da bringt er auch einen Auszug aus der Depesche, welche Fürst Metternich am 18. Juli 1832 an Sir Friedrich Lamb, dazumaligen großbritannischen Gesandten in Wien, richtete, und worin er auf die Reformen hinwies, die das österreichische Cabinet dem Papste anrieth.

Die militärische Insurrektion im Jahre 1821 in Piemont machte auch den Vorwand geltend, daß der damalige König Victor Emanuel von Österreich abhängig und ihm unterthänig sei. Nun erließ derselbe König eine Proklamation ddo. Turin 10. März 1821, worin er wörtlich sagt: „Es ist falsch, daß Österreich von uns ein „Fort und die Entlassung eines Theils unserer Truppen begehrt „habe. Unsere Unabhängigkeit und die Unverletzlich= „keit unseres Gebiets sind uns von den Großmäch= „ten zugesichert." — Ebenso verhielt es sich auch unter sei= nem Bruder und Nachfolger Karl Felix, und unter Karl Albert. Lord Palmerston gab vor, daß Österreich sich durch Drohungen gegen Karl Albert versündigt habe; dagegen sagt der Graf Solar della Margherita, Minister Karl Alberts bis zum Jahre 1848, in seinem so wichtigen Memorandum: daß der König, sein Gebieter, in seinem Königreiche durchaus so souverain sei wie der Czar und der österreichische Kaiser in ihren Kaiserreichen.

Diese Belege werden hinlänglich von der Unabhängigkeit aller italienischen Regierungen Zeugniß geben. Man wird es daher be= greiflich finden, daß wir uns eine Weile damit befassen mußten, um die piemontesischen Verleumdungen in ihrer Hohlheit und Nichtigkeit darzulegen. Man wendet genau dasselbe elende Manöver, womit man die Vertilgung der selbstständigen Regierungen in Italien be= gonnen und maskirt hatte, jetzt noch gegen uns an, indem man be= hauptet, Italien könne nicht unabhängig und nicht glücklich sein, wenn Venetien bei Österreich verbleibt.

Wir wollen noch Einiges von den zur Aufreizung fortwährend angewendeten Mitteln reden.

# XI.

Man hat ein lauerndes Spinngewebe von Lügen mit wirklichen und erdichteten Mängeln derart künstlich zusammengestellt, daß das Volk mit seinen Maulmachern und gleichfalls auch die Staatsmänner sich arg darein verfingen. Man hat die Dinge auf den Kopf gestellt; man hat erst Verschwörungen angezettelt, um Unterdrückungen und Gewaltmaßregeln von Seite der Regierung hervorzurufen: man hat dann die Wirkung als Ursache angegeben. Thatsache ist, daß die Lombardei vor der ersten französischen Revolution sehr treu an Österreich hing und sich gar nicht beklagte. „Daß eine Regierung, obwohl sie nicht national ist, doch gut sein kann, das ist eine durch die vorherigen Mittheilungen bereits gelöste Frage, sagt C a n t ù ; demnach wird es leicht verständlich sein, daß Maria Theresia, Josef II. und Leopold II. nichts weniger als gehaßt in der Lombardei waren; damals liehen die vorzüglichsten Geister ihre Unterstützung dem Throne, dessen Lobredner und Vertheidiger sie waren, und dem Monarchen beistanden, seine durch die zerstreuten Kräfte getheilte Macht zu concentriren. D i e   R e v o l u t i o n   z e r s t ö r t e   d i e s e   Ü b e r e i n s t i m m u n g.“

Gewiß ist, daß auch Kaiser Franz I. von den besten Gesinnungen für seine italienischen Unterthanen beseelt war, und in Bezug auf die gute und weise Verwaltung seinen Vorfahren sicherlich nicht nachgestanden hätte, wenn ihm auch die würdigen Männer und die Spitzen des Landes mit guten Absichten entgegengekommen wären. Wir haben in V. und VI. Abschnitte oben gezeigt, daß er alles Mögliche aufgeboten hat, um die Wünsche und die Bedürfnisse der Italiener zu befriedigen und ihren Wohlstand thunlichst und fördersamst zu erhöhen. Um ihren Interessen eine geeignete Vertretung und ihren Anliegenheiten den gebührenden Ausdruck zu verschaffen, hatte er die Central-Congregationen eingesetzt, deren Mitglieder von der Bevölkerung selbst gewählt wurden. Wissenschaftliche Institutionen, wie man sie nur in den civilisirtesten Ländern antrifft, wurden da eingeführt; es bildeten sich gelehrte Vereine und Akademien; allenthalben wurden Schulen errichtet; die Presse war da freier als in irgend einem andern Theile Italiens — trotzdem hörten die geheimen Parteien nicht auf, das Volk zu beunruhigen und aufzuwühlen, wie uns Herr Schoell oben im Abschnitt III berichtet. Diese Sectirer und Freiheitszünftler, welche unter Napoleon I. nicht einmal den Mund aufzumachen wagten, wofern sie sich nicht der Gefahr aussetzen wollten, daß er ihnen für immer geschlossen worden wäre — kaum sahen sie eine milde und wohlwollende Regierung an die Stelle der tyrannischen napoleonischen treten, als sie aus ihren Schlupfwinkeln hervorbrachen und in ungefährdeter Kühnheit conspirirten und sich gegen Österreich verschworen. Jede fremde Regierung, behaupteten sie, sei eo ipso ungesetzlich, und welches auch ihre Absichten und Bestrebungen sein mögen, so sei ein Krieg gegen dieselbe jedenfalls gerecht und heilig. So begannen sie unter Kaiser Franz I. und so treiben sie es noch heute fort, und „Jeder, der nicht von dem reichen und gelehrten Troß ausgezischt werden will," muß dieses Lied anstimmen und alles Schlechte von Österreich sagen.

Freilich das Wohl des Vaterlands und das Glück ihrer Nebenmenschen ist ihnen Nebensache; es ist ihnen ganz gleichgiltig, ob jene dabei wohl oder übel wegkommen, wenn sie nur die Herrschaft erlangen und ihre Leidenschaften befriedigen können; ja sie ziehen es vor, lieber ihr Vaterland selbstständig unglücklich zu sehn, als unter fremder Herrschaft noch so glücklich, wie wir es von Maz-

zini in seinem am Schluße unseres VI. Abschnitts zitirten Werke
vernahmen. Ob aber auch das Volk, vorausgesetzt daß man es ohne
Terrorismus wählen ließe, damit einverstanden wäre, lieber äußerst
unglücklich unter einer italienischen als sehr glücklich unter einer
andern milden Regierung zu sein, ist eine Frage, die wir nach dem
gesunden Menschenverstande entschieden verneinen müssen.  Das
Volk ist überhaupt diesen Beglückungstheorien stets fern geblieben.
Das eigentliche Volk, der Kern der Masse hat nie für die „italienische Sache" eine Revolution begonnen, noch eine solche mit seiner
Kraft unterstützt. Es waren immer nur die Parteigänger und An-
führer, welche Zwietracht und Unzufriedenheit säten, den glimmen-
den Funken zum auflodernden Brand anfachten und in ihren flam-
menden Anreden und Aufrufen ganz andere Ziele vorgaben als sie
vorhatten. Unser Zweck, verkündeten sie in ihren Schriften und
Journalen, ist durchaus nicht die Freiheit zu Gunsten der Großen,
der Reichen, des Adels oder der Advokaten; wir wollen auch nicht
die Priesterherrschaft durch eine Herrschaft der Banquiers oder der
reichen Grundbesitzer ersetzen; es ist auch keine bloße politische Ver-
änderung, sondern eine vollständige moralische und soziale Revolution, die eure Lage verbessert. (Siehe Mazzinis: „L'Italia etc.",
1. Band, S. 307).

Merkwürdig ist die Proklamation, die Joachim Murat in
Rimini am 30. März 1815 veröffentlichte. „Italiener, schrieb er
da, die Stunde zur Erfüllung eurer lauten Wünsche ist nun gekom-
men. Die Vorsehung beruft euch dazu, daß ihr eine unabhängige
Nation werden sollt. Vom Ausgang der Alpen bis zur sicilischen
Meerenge hört man nur den einzigen Schrei: die Unabhängigkeit
Italiens! — Unter welchem Titel beanspruchen die fremden Völker
euch dieser Unabhängigkeit, welche das erste Recht und das vorzüg-

lichste Gut eines jeden Volkes ist, zu berauben? Mit welchem Recht
beherrschen sie eure schönsten Landschaften? Unter welchem Titel
bemächtigen sie sich eurer Reichthümer, um sie in Gegenden zu ver=
schleppen, wo sie nicht erworben wurden? Mit welchem Rechte ent=
reißen sie euch eure Söhne, die sie dienen, verschmachten und sterben
lassen fern von den Gräbern ihrer Voreltern? Hat die Natur für
euch vergebens die Schranken der Alpen aufgestellt?....... Nein
und nein! jede fremde Herrschaft muß vom italienischen Boden
verschwinden. Jede Nation muß sich in den Grenzen halten, die die
Natur ihr gegeben..... Möge jeder Mann von Herz sich erheben
zu einer so edlen Bestrebung, möge er ihr seine Stimme leihen und
im Namen des Vaterlands zu jedem wahrhaft italienischen Herzen
sprechen; möge endlich die nationale Energie sich in ihrer gan=
zen Ausdehnung und in jeder Form entfalten...... 
Ich appellire an euch, ihr wackern und unglücklichen Italiener von
Mailand, Bologna, Turin, Venedig, Brescia, Modena, Reggio
und so vielen andern rühmlichen und bedrückten Gegenden. Ita=
liener, ich will die schweren Übel wieder gut machen, und durch
eine freigewählte Regierung, nationale Vertretung und Constitution
eure Freiheit und euer Eigenthum beschützen".....

Glaubt man da nicht die jetzigen Proklamationen und An=
sprachen von Victor Emanuel und Garibaldi zu lesen? Sind die
Mittel zur Aufreizung und die verlockenden Verheißungen nicht die
nämlichen und dieselben bei dem einen wie bei den andern? — In
einem seiner andern Manifeste schreibt derselbe Joachim Murat
gegen die verbündeten Generale Graf Nugent und Lord William
Bentinck: „— Solang ich glaubte, daß Napoleon für den Frieden
und das Glück Frankreichs kämpfe, habe ich seinen Willen zu dem
meinigen gemacht; da ich ihn aber in einem unaufhörlichen Kriege

4

verwickelt sehe, sage ich mich von ihm los. Zwei Fahnen winken euch in Europa; die eine trägt die Inschrift: Religion, Moral, Gerechtigkeit, Mäßigkeit, Gesetz, Frieden, Glückseligkeit; auf der andern sieht man verzeichnet: Verfolgung, Ränke, Gewalt, Tyrannei, Thränen, Bestürzung in allen Familien. Wählet!"

Auf solche Weise hat man stets die Massen einzunehmen und zu fesseln gewußt, und leider schlossen sich ihnen zuweilen auch die Besserdenkenden an oder wurden mit ihnen fortgerissen. Man hat alle Hebel in Bewegung gesetzt zu verleumden, aufzuhetzen und Unruh zu stiften; hätte man den hundertsten Theil des Eifers, den man darauf verwendete, das Gute zu verhindern und das Schlechte anzuregen, der gedeihlichen und friedlichen Entwicklung auf verfassungsmäßigem Wege geschenkt, so hätten die Verhältnisse in Italien ohne Revolution und ohne verheerende Kriege sich viel günstiger gestaltet als es dermalen oder durch zukünftige Kriege noch in Aussicht steht. „Was thun die Italiener im Allgemeinen, fragt der Graf Dal Pozzo, was thun sie, um diesen Monarchen (Franz I.) möglichst zu nationalisiren, ihn für sich einzunehmen, ihn anzuziehen, ihn geneigt zu machen, daß er in Italien wohne oder da wenigstens abwechselnd mit Wien seine Residenz aufschlage, um den Meisterstreich auszuführen, daß Deutschland auf Italien eifersüchtig oder gar von ihm abhängig werde, wie Italien jetzt von Deutschland abhängig ist? Sie thun gerade das Entgegengesetzte von dem was sie thun sollten. Sie intriguiren heimlich; sie beschimpfen, sie verspotten, sie reizen und entfremden ihn, und werden endlich dahin gelangen, daß sie den Kaiser Franz, ein Muster der Rechtschaffenheit auf dem Throne (wie ich ihn frei heraus nenne), noch zum Tyrannen machen, wenn er es sein könnte (Della felicità etc. pag. 25).“

Schon zu Zeiten des ostgothischen Königs Theodorich, der

Italien von der Südspitze bis an die Donau vereinigte, hatten es die verderbten Parteien ebenso getrieben; sie verachteten in stolzer Gefühllosigkeit die Fremden, die zum Heile Italiens da eingebürgert waren, und beriefen wieder Ausländer und fremde Herrscher, um das Land zu befreien. „Das war die Frucht, sagt Muratori in seinen Annalen (Jahr 541), welche die Italiener ernteten, nachdem sie es so sehr gewünscht hatten, das Joch der Gothen abzuschütteln; eine Enttäuschung, die oft das Los mancher Völker ist, die sich mit der Hoffnung schmeicheln, daß sie ihre Interessen dadurch verbessern, wenn sie den Herrn wechseln." Endlich verbitterten sie die letzten Lebenstage jenes großherzigen Königs, den sie zur Intoleranz und zur Grausamkeit verleiteten.

Man kann die Massen nicht anders gewinnen, als indem man die Regierung in die Lage versetzt, sich durch Härte verhaßt zu machen. Darin besteht die ganze Taktik der Revolutionären.

––––––––––

## XII

Verlassen wir nun diese Ränke und Machinationen, deren Schauplatz abwechselnd in Turin und Paris zu suchen ist, deren Verfasser nur seinem Instinkte und dem Erbvermächtniß folgt, wenn er mit der geraubten Krone den Raub der Kronen scenirt, deren Acteure in umgekehrter Richtung die Heirath und den Pact zu Anfang des Stückes abschließen, und befassen wir uns jetzt mit der Lösung der sogenannten venetianischen Frage. Wir erkennen weder diesen Titel und noch viel weniger die davon abgeleiteten und gewaltsam hervorgesuchten Gründe an, da, wie wir schon Eingangs bemerkt, die Freibeuterei nie dadurch rechtlich wird, daß man des An=

dern Habe fraglich stellt; aber man hat das Ding so zu nennen beliebt und Paris colportirt seine Broschüren unter dieser Firma und mit deren geschäftlichem Fond, daß wir auch unsere Antworten auf diese unbefugte „Frage" und an ihre falsche Karte abgeben müssen.

Die französische Broschüre „Kaiser Franz Josef und Europa" hat den Verkauf Venetiens vorgeschlagen, und um diesen elenden Schacherantrag plausibel zu machen, beruft sie sich auf Napoleon I. für den Verkauf Louisiana's und auf den König der Niederlande für die Abtretung Belgiens. Aber gleich diese Beispiele mit ihren Prämissen sind falsch und von der Blässe der Logik so angekränkelt, daß der Schlußsatz seine Stützbalken da gar nicht einsenken kann. Denn Napoleon hat Louisiana nur deswegen verkauft, um gerade einen Krieg mit England beginnen zu können. Frankreich hat dieses Louisiana, das eben erst ganz frisch und neuerworben von Spanien herüberkam — noch gar nicht in seinen Besitz und in seine Gewalt bekommen, da wohl der Artikel 3 des geheimen Vertrags von St. Ildefonse die Zuweisung dieser Insel an Frankreich schon am 1. Oktober 1800 bestimmt, aber beide vertragschließende Theile zögerten noch mit dessen Ausführung, bis am 30. April 1803 der französische Finanzminister Barbé-Marbois diese Provinz wieder den amerikanischen Gesandten R. Livingston und James Monroe verkaufte, um die nöthigen Fonds für eine Landung in England aufzubringen. Napoleon schlug mit einem Streiche zwei Feinde: er verhinderte durch diesen Verkauf die Vereinigung Amerika's mit England und lähmte zugleich Spanien, das sich durch die Abtretung Louisiana's und durch die vorauszusehende Erwerbung Florida's in Mexiko bedroht sah. Ebenso unstichhältig ist der Beweis der Niederlande, da Belgien e r s t n a c h e i n e m u n g l ü c k l i c h e n K a m p f e der Holländer sich loslöfte. Auch der Hinweis auf Friedrich II. und auf den Verluft Schlefiens hat für uns durchaus kein überzeugendes Gewicht, da Schlefien weder vor dem Kriege aufgegeben noch ver= kauft wurde, und diefer Vergleich um so weniger schmeichelhaft für die Redlichkeit Sardiniens sein kann, als gerade deffen König Karl Emanuel durch seine höchft zweideutige Rolle jeden möglichen Nutzen aus diefem unglücklichen Kriege zu ziehen suchte, und von der Kaiferin Maria Therefia nebft dem Herzogthum Pavia und Piacenza noch ein Gebiet begehrte (das Marquifat mit dem Hafen von Finale), das sie gar nicht befaß, und auf welches weder sie noch der fardinifche König irgend ein Recht oder einen An= fpruch hatte.

Wir haben hier blos zeigen wollen, wie man Präcedenzfälle ins grelle Licht fetzt und zu Beweifen forcirt, wenn deren Anhalts= punkte noch so schattenhaft und tragunfähig find. Die Verkaufsmo= dalitäten felbft können wir keiner Betrachtnahme und keiner Wür= digung unterziehen, da Öfterreich nie und unter keiner Bedingung irgend eine Provinz wie feilen Kram verfchachern wird. Diefer fchändliche Verkaufsantrag ift übrigens von den Urhebern felbft schon aufgegeben, wie er auch gleich die Verachtung und den Abscheu aller klardenkenden Politiker erregt hat. Wir wollen nebenbei den Venetianern nur ans Herz legen, wie unwürdig man in Paris und Turin über sie denkt, wenn man sie wie gemeine Waare an die Krämerbude nagelt, und schon um ihrer Ehre willen hätte man einen solchen Antrag nie vorbringen follen. Aber was liegt den Seelenverkäufern an nationaler Ehre und an der Würde der Völker — wenn es nur ihrem niedrigen Eigennutz und ihrem Ehrgeiz Nutzen bringt. „Zur Zeit des alten Rom, fagt ein franzöfifches Organ der Öffentlichkeit, wurde

die Herrschaft von den Prätorianern an den Meistbietenden losge=
schlagen; jetzt sind Financiers an die Stelle der Prätorianer
getreten und die Länder werden im Aufstrich an der Börse verhan=
delt. In solcher Weise dürfte bald ganz Europa zum Verkaufe ge=
langen, da der Plan sich füglich auf jeden europäischen Staat anwen=
den ließe..... und wenn Österreich zur Wiederherstellung seiner
Finanzen Venetien verkaufen soll, so könnten andere Staaten zu
gleichem Behufe ein Gleiches thun.... Europa wird ein Ac=
tienbesitz: man wird die Actien an der Börse anschlagen und der
Credit mobilier wird sie kaufen...."

Hadern wir nicht mit den Verfassern dieser Flugschriften, deren
napoleonisch eingeblasene Taktik darin besteht, die öffentliche Meinung
gegen Österreich aufzuhetzen und uns als Friedensbrecher hinzustel=
len. Diese Taktik, die wesentlich und in ihren Grundprincipien sich
gleich bleibt, löst je nach Umständen den Beschuldigten auch ab und
placirt einen andern an seine Stelle; bald ist es Österreich, welches
durch das venetianische Gebiet die Vereinigung Italiens hindere;
jetzt hat man wieder für gut befunden, den Papst zu bekriegen und
die französischen Pamphletisten von den Tuilerien gegen ihn in Be=
wegung zu setzen. Die neueste französische Broschüre: „Frankreich,
Rom und Italien" wiederholt das gegen uns in der Finanz=Bro=
schüre eröffnete Manöver. „Solange der unselige Antagonismus
dauern wird, heißt es da, den man zwischen den Kräften hervorgerufen
hat, deren Einigung so vielen Interessen entspricht, werden Italien
und das weltliche Papstthum nicht die Bedingungen ihres Gleichge=
wichtes wieder finden. So mögen sie sich denn einigen,
und aus diesem Allen wird ihre gemeinschaftliche Größe hervor=
gehn." Soll der Papst nicht auch behufs „Einigung" seinen welt=
lichen Besitz verkaufen? Schade, daß man diesmal auf dieses na=

poleonische Staats- und Friedens-Recept vergessen hat, denn alles
Andere darin ist nur mehr oder weniger ein Abklatsch der seit-
herigen Flugschriften mit ihrer abgenützten Perfidie. Wer hat
diesen unseligen „Antagonismus" hervorgerufen? Wer verhindert
Italien, die „Bedingungen" seines Gleichgewichts wiederzufinden?

Die Mitwelt hat bereits gesprochen, und die Nachwelt wird
auch aburtheilen über die von Napoleon III. in Italien einge-
haltene Politik.

Sire, in dem, was wir für Italien thaten und für Venetien noch zu thun bereit sind, liegt durchaus nichts Unehrenhaftes.
Wir wollen die Venetianer weder an der Börse noch auf dem
Sklavenmarkt verkaufen, noch auch sie als Sklaven behalten oder
behandeln. Unser Vorschlag ist ein gerechter und billiger, unser
Anbot ein e h r e n h a f t e r und unser Entgegenkommen ein durchaus
friedliches und v e r s ö h n l i c h e s: wir wollen Venetien im
v e r f a s s u n g s m ä ß i g e n   W e g e   b r ü d e r l i c h   m i t   u n s   v e r-
e i n i g e n. Se. Majestät, der Kaiser F r a n z   J o s e f hat im
Diplom vom 20. Oktober v. J. die legislatorische Mitwirkung
der Völker und die Gleichberechtigung aller Nationalitäten aus-
gesprochen, und das nachfolgende organische Statut mit den Lan-
desverfassungen erweitert den eröffneten freisinnigen Gesichtskreis
und gewährleistet die autonome Verwaltung jedes Kronlands mit
eigenem Landtag auf breiter Basis und nach Interessenvertretung.
Schon vor 48 hatten die lombardisch-venetianischen Provinzen in
ihren Congregationen einen vor allen Kronländern hervorragenden
Wirkungskreis, und erfreuten sich in ihrem Sprachgebiet einer
durchaus unbehelligten und gar nicht alterirten Selbstständigkeit;
alle Dekrete, Erlässe ꝛc. gelangten von den Hofkanzleien in i t a-
l i e n i s c h e r Sprache an sie, desgleichen rein italienisch war auch

die Landes= und Municipal=Verwaltung so wie ihr gegenseitiger und hofbehördlicher Verkehr. Se. Majestät schließt sich in Seinen erhabenen und großherzigen Gesinnungen Seinen Vorfahren an. Was Kaiser Franz wohlwollend begonnen, wird Kaiser Franz Josef mit der Ausführung glücklicher politischer Institutionen krönen.

Möge Venetien den huldreichen Absichten Sr. Majestät mit vertrauensvoller Bereitwilligkeit die Bahn ebnen; möge es das glückverheißende Werk der Eintracht und der Versöhnung mit seiner nationalfreundlichen Unterstützung kräftigen; möge es die Bruderhand nicht von sich stoßen, die von den Völkern Öster= reichs ihm einmüthig und bundesfreundlich dargereicht wird. Wenn es in mürrischem Trotz und Ingrimm sich von uns abwendet, wer= den wir dies tief beklagen, aber wir werden auch unser Recht zu vertheidigen wissen. —

Wir haben dem europäischen Frieden eine Provinz bereits zum Opfer gebracht; wir haben zu Gunsten der italienischen Ein= heit uns von einem schönen Gebietstheil mit schmerzlichen Em= pfindungen losgesagt: was hat Napoleon III. bis jetzt für beide gethan? Was haben Sie, Sire, für den Frieden Europa's und was für die Einheit Italiens geopfert?? Wir machen Ihnen folgenden Vorschlag: Sie haben zwei gesegnete Provinzen einge= steckt, Sie haben Savoyen und Nizza so edelmüthig annexirt, Sie haben von Italien ein herrliches und angestammtes Gebiet losgerissen — geben Sie ihm dafür ein anderes: geben Sie, o uneigennütziger Monarch, geben Sie ihm dafür C o r s i c a! Wenn Italien zu seiner Einheit schlechterdings noch einer Provinz be= darf, wenn es, wie der Drache und der Lindwurm, durchaus noch ein Opfer haben muß, wenn der Weltfriede in k e i n e r andern Weise als durch das Opfer einer Provinz erhalten werden kann: Sire, dann opfern Sie ihm das italienische Corsica. Sie haben die Wiege des Hauses Savoyen genommen, geben Sie ihm dafür die Wiege des Hauses Buonaparte; eine Hand wäscht die andere.

Wir beschwören Sie, Sire, in Bezug auf Corsica „den weisen Entschluß zu fassen," zu welchem der Kaiser Franz Josef in Bezug auf die Lombardei und der König Victor Emanuel in Bezug auf Savoyen und Nizza „sich verstand." Wir bieten Ihnen dafür zwar kein Geld, aber Sie erhalten den Frieden der Welt. An Frankreich geschmiedet, ist Corsica eine Leiche, ein fernes todtes Anhängsel, „dem unabhängigen Italien wiedergegeben, er= steht es von den Todten auf und theilt dem gemeinsamen Vater= lande ein neues Leben und gewissermaßen einen Ausfluß der Freude, der Glückseligkeit und des Stolzes mit. Die Befürchtungen für die Zukunft schwinden, die revolutionären Leidenschaften legen sich; die Tage des Opfers sind vollbracht!"

Also Europa fleht um Frieden, Sire, und harret demüthig Ihres gnadenreichen Entschlußes. „Da steht nun dieses auf seine Gesittung, seine Künste, seine Erfindungen und seine betriebsame Thatkraft so stolze Europa! Dieses Europa, welches seine Land= striche mit Eisenbahnen furchte, mit Canälen und Häfen aushöhlte, Sümpfe austrocknete, seine Haiden bepflanzte, seine Städte gesunder machte und bis in die geringsten Dörfer die Kirchen, Schulen, Findelhäuser und Hospitäler vermehrte; da steht es von Schrecken ergriffen, ermattet, hingestürzt und mit dem Finger auf seinen ungeheuren Körper weisend:" Napoleon III., das ist die Wunde, die mich schmerzt! — Heilen Sie also diese Wunde, Sire, und machen Sie Ihren Spruch: „Das Kaiserreich ist der Friede" von

nun an eben so wahr und passend als er bis jetzt eitel Lüge und
ungereimt war. Dann wird Sie Europa und Asien segnen, und
Sie werden wieder einmal die Gesellschaft gerettet haben.

----

# XIII.

Die Feinde Österreichs haben keine Anstrengungen gescheut,
um bald die Gefährlichkeit, bald die Nutzlosigkeit des venetianischen
Besitzstandes herauszukehren. Die Gefährlichkeit für Österreich,
weil Venetien seine Finanzen erschöpft, seine militärische Macht-
stellung lähmt, indem es zu unausgesetzten Rüstungen nöthigt und
die Erbprovinzen dabei zu unerschwinglichen Lasten zwingt, die sie
ruiniren müssen; für Europa und speziell für Deutschland, weil
der Frieden fortwährend ernstlich bedroht ist, indem 24 Millionen
Italiener in ihrem Kriege gegen uns nothwendig einen allgemeinen
Brand entzünden werden, und weil Deutschland in diesem Kriege
der Hilfe seines mächtigsten Bundesgliedes entrathen müßte.

Hier begegnen wir wieder den Verdrehungen der als Ursache
angenommenen Wirkungen und jenen französischen Kniffen, womit
man erst zum Kriege herausfordert, und dem Geforderten dann die
Schuld zuschiebt. Wenn man Österreich nicht bedrohen, wenn man
gegen dasselbe nicht geheim und offen rüsten wird, wenn der napoleonische Ehrgeiz nicht heute mit Italien und morgen vielleicht mit
einem andern Helfershelfer gegen es oder gegen seine Interessen
anderswo eine Hetzjagd beginnt, dann wird Österreich gewiß nicht
den Frieden gefährden, es wird seine Heere viel lieber reduziren
als verstärken, und seine Finanzen, fürder nicht durch außerordent-
liche Gewaltangriffe zum Kriegsverbrauch angespannt, werden durch

die nie versiegenden Landesquellen im gleichmäßigen Zu= und Ab=
fluß bleiben. „Keine menschliche Kunst, sagt ein geachtetes deutsches
Blatt, keine menschliche Kunst ist im Stande, die aufständischen
Bewegungen der halbrohen Völker in Süden und Osten mit diplo=
matischen Noten und Protocollen niederzuhalten, wenn zwei
civilisirte Mächte mit ihren Armeen und Gold=
stücken der Revolution als Vorkämpfer und Rück=
halt auftreten. Jeder Frieden ist bloßer Waffen=
stillstand, eine Galgenfrist auf Monate, nicht
Jahrzehende. Will Österreich seine Widersacher innen und
außen beseitigen, seine Bundesgenossen zu sich heranziehen, so muß
es die Scharte seines Schwertes wieder auswetzen.“ —

Überdies ist jeder Staat für seine innern Angelegenheiten
nur sich selbst Rechenschaft schuldig, und keine Macht hat das
Recht, von einem unabhängigen Staate deswegen die Loslösung
einer Provinz zu begehren, weil deren Sicherheit einen Mehrauf=
wand an Geld und verwendbarer Kraft erfordert. Es ließe sich
dieser Widerrath noch gar manchem Großstaate anmuthen — doch
wozu sollen wir diesen Unsinn hier fortspinnen, es wäre ein Hieb
in die Luft, wollten wir darüber noch ein Wort verlieren.

Die Nutzlosigkeit, weil Venetien nichts einbringt, zu unserer
Vertheidigung gar nicht beiträgt, und weil es zur Sicherheit Deutsch=
lands durchaus unnöthig erscheint.

Wir wollen den Geldpunkt hier nicht weiter in Erwägung
ziehen, wir wollen das Erträgniß nicht nach den einzelnen Posten
und nach den Ausgaben abschätzen, wir legen auch keinen Nachdruck
auf die 21,831.277 Gulden Ö. W., welche Venetien als reines
Einkommen in den Staatsschatz abwirft, da dies als innere Ange=

legenheit eben abgethan ist. Aber über die Nützlichkeit zu unserer und zu Deutschlands Vertheidigung müssen wir ein Wort sprechen.

Die hohe strategische Bedeutung Venetiens ist von den militärischen Autoritäten aller Großmächte mit ungetheilter Anerkennung eingänglich gewürdigt worden. Die englischen wie die französischen, die preußischen wie die russischen Kriegshelden haben diese für Österreich und Deutschland unentbehrliche Grenze durch ihre sachgewandten Gutachten als unerläßliches Vertheidigungsgebiet bezeichnet. Hier stimmt der Herzog von Wellington mit Napoleon I., der General Radowitz mit Marschall Niel überein, und wenn die Minciolinie einmal feindliches Gebiet geworden ist, wird kein Armeeführer den Isonzo und Tagliamento als genügende Sicherheitsgewähr für die Zugänge zu Tyrol und Deutschland erachten. Die Macht, welche die strategischen Linien von Venetien inne hat, sagt Marschall Niel, muß nothwendiger Weise die Herrschaft über Triest und die Küsten von Dalmatien erlangen. Verlöre Österreich Venetien und damit diese natürlichen Grenzen, so würde es gezwungen sein, auf der Isonzolinie furchtbare Befestigungen aufzuführen.

Von den gründlichen Auseinandersetzungen, welche die einschlägigen Schriften über die militärische Wichtigkeit Venetiens darlegen — worunter wir namentlich die Berliner Broschüre: „Der Besitz Venetiens" und die jüngst in Wien von kundiger Hand abgefaßte erwähnen und deren Details hier keinen Raum finden können — wollen wir nur einige Stellen aus einem ausgezeichneten Fachblatt, aus der Londoner Army and Navy Gazette vom 1. Dezember auszüglich mittheilen. Das Urtheil dieses militärischen Berichterstatters der Times verdient die besondere Beachtung Deutschlands, weil dessen und das europäische Gesammtinteresse seiner Kritik zur Grundlage dient. Er schreibt:

„— Wäre das Festungsviereck von aggressivem Charakter
„und geeignet, die ganze italienische Halbinsel durch den österreichi-
„schen Einfluß in Furcht zu halten, so müßte jeder gesunde Politiker
„und wahre Freund Österreichs wünschen, daß es bald möglichst
„aufgegeben würde. Aber das Festungsviereck ist weit mehr als
„blos eine Sicherung österreichischen Besitzes. Es ist ein
„vorgeschobenes Bollwerk zur Vertheidigung der
„Südgrenze Deutschlands und Österreichs und eines
„Ausganges zum Mittelmeere. Geht Venetien für Öster-
„reich verloren, so fragt es sich, ob Deutschland nicht schließlich
„ganz vom adriatischen Meere abgeschnitten werden
„wird, und wie in solchem Fall Süddeutschland mit Erfolg ver-
„theidigt werden könnte.“

Und hinsichtlich der gefährdeten Selbstständigkeit der Schweiz,
von der wir schon oben gesprochen, äußert er sich: „— Wenn es
„Frankreichs Plan wäre, im Bunde mit Italien die Schweiz an-
„zugreifen, ist seine Aufgabe leicht, sobald die österreichischen Streit-
„kräfte aus Venetien zurückgedrängt sind. Die Festung Belfort
„beherrscht einen guten Zugang zu Pruntrut, und durch seine
„Stellung im Rhone-Thal drückt es auf die Lebensadern dieses
„freien Landes. Kein Staat, mit Ausnahme Österreichs,
„kann der Schweiz helfen. Und wenn das Festungsviereck
„und damit die Möglichkeit eines Flankenangriffs auf französische
„Invasionstruppen verloren geht, so kann Österreich nur noch
„einen Angriff in der Front machen, bei dem es die Vorhand ver-
„liert. Es unterliegt keinem Zweifel, daß durch den
„Ausgang des Krieges in Italien die militärische
„Unabhängigkeit der Schweiz in außerordentlichen
„Verlust gekommen ist, der nicht minder gefährlich

„für Europa wie für sie selbst ist; hört das Festungs-
„viereck auf, deutsch zu sein, so ist es auch um jene Unabhängig-
„keit für immer geschehen. Es wird dann lediglich von Frankreichs
„Belieben oder einer bequemen Gelegenheit abhängen, um die
„Schweiz durch Protektion oder Annexion Frankreich einzuver-
„leiben."

Weiter prüft er die Wirksamkeit der Vertheidigung, welche
aus dem Besitze Venedigs hervorgeht; verneint entschieden die
Frage, ob die Alpen und ihre Pässe nicht eine ausreichendere Sicherheit als das Festungsviereck gewähren, da die Berge durch die
Ebenen und nicht umgekehrt beherrscht wären und da Bergpässe
immer umgangen werden könnten; bespricht ferner die schutzlose
Lage, in der sich Österreich und Deutschland nach dem Verluste
Benetiens befänden, da Österreich im Centrum der Monarchie
um seine Existenz kämpfen müßte, wie Erzherzog Karl 1796 sagte,
und eine verlorene Schlacht würde Wien preisgeben und bis an die
Elbe und an den Rhein würden diese Schläge gefühlt werden; er-
wägt den voraussichtlichen Fall, daß Frankreich mit Italien einen
Eroberungskrieg gegen Deutschland unternehmen und Italien gewiß
auch Triest und Fiume als italienisches Gebiet begehren werde,
und schließt dann diesen Artikel wie folgt:

„Was aber denkt und fühlt Deutschland? Wird es einen
„solchen Abschluß einfach als eine neue Rectification der natürlichen
„Grenzen hinnehmen? Wenn Deutschland nur einen Funken Ver-
„stand besitzt, so muß es einsehen, daß es mit dem Verlust
„von Triest und Fiume von der großen Handels-
„verkehrstraße, der See, und in seiner Entwicke-
„lung nach innen und außen von der Welt hermetisch
„abgeschlossen wird. Die Freiheit des adriatischen Meeres

„ist so gut eine Lebensfrage für Deutschland wie die Freiheit des
„Canals von Dover für England. Der Deutsche, der nicht den letz-
„ten Gulden und den letzten Tropfen Blut einsetzen würde, ehe
„er duldete, daß das große Weltthor ihm für immer
„zugesperrt würde — der Deutsche wäre nicht werth, dem
„großen Germanenstamme anzugehören. Begreift er aber diese
„Nothwendigkeit, so muß es ihm auch einleuchten, daß es vernünf-
„tiger und staatsweiser ist, mit dem Festungsviereck für sich statt
„gegen sich den unvermeidlichen Kampf durchzufechten; ein ehr-
„lich denkender Engländer wird ihm diese Anschauung nun und
„nimmermehr verübeln können."

------

# XIV.

Was aber denkt und fühlt Deutschland? Der National-
Verein und die preußischen Kammerverhandlungen geben Antwort
darauf. In der Versammlung des National-Vereins in Berlin
am 25. Jänner l. J. beantragten Unruh und Genossen drei Re-
solutionen, deren erste lautet:

„Preußen und Deutschland haben keinen Beruf
an einem Kriege Österreichs um Venetien theil-
zunehmen."

Was der National-Verein als seinen Beruf erachtet, ist
jedem Österreicher schon längst klar geworden; welche Ziele
dessen Mitglieder verfolgen, darüber geben ihre Verlautbarungen
mehr als genügenden Aufschluß. Kein Mittel, keine Agitation,
kein Bündniß und kein Preis ist ihnen zu schlecht, wenn es nur
gilt, Österreich zu erniedrigen und Preußen zu erheben. Mag

Venetien, Trieft, Fiume, das adriatische Meer und mit ihnen jede Berkehrs= und Lebensbedingung verloren gehen, mag auch das linke Rheinufer an Frankreich verfallen, was liegt daran, wenn Österreich nur geschwächt und verkleinert wird: Preußen muß nothwendig dann stärker und größer werden. Diesen Cau= salnexus hat die dritte Resolutionsfassung logisch bewiesen. Dieselbe Versammlung bestimmte nämlich zur dritten Resolution: „Die Organisirung des deutschen Bundesheeres unter Preußens Führung durchzusetzen." Also erst Österreichs Isolirung, dann Preußens Führung.

Die Sitzung des preußischen Abgeordnetenhauses vom 6. Fe= bruar illustrirt in ihrer Verhandlung diese nationalvereinliche Maul= wurfsarbeit. Ein nach dem Ministerportefeuille sehnsüchtig schie= lender Junker, der gelegentlich in Liberalität macht, brachte fol= gendes Amandement ein:

„Der fortschreitenden Consolidirung Italiens entgegenzutreten, erachten wir weder im preußi= schen noch im deutschen Interesse."

Und mit 159 Stimmen gegen 146 nahm die preußische Kammer diesen schändlichen Antrag an! Man beherzige wohl den Ausdruck „der fortschreitenden Consolidirung", welcher hörbar zu verstehen gibt, daß man nicht der Wegnahme von Trieft, Fiume oder Wälschtyrol entgegentreten will, daß also die Italiener sich ganz un= genirt auf Kosten Österreichs vergrößern können! Diese offenbare Feindseligkeit gegen Österreich, diese unverholene Gehässigkeit zeigt deutlich, wessen wir uns von Preußen zu versehen haben, und wir werden dies wohl unserem Gedächtnisse einprägen.

Wir haben in unserer vorjährigen Broschüre die Handlungs= weise Preußens ausführlich gewürdigt, wir haben sein Bestreben, die

Hegemonie in Deutschland um jeden Preis an sich zu reißen, un-
widerleglich dargethan, und haben die unabhängigen Regierungen
der Mittel- und Kleinstaaten eindringlichst gebeten, stets wachsam
und auf ihrer Hut zu sein. Der Nationalverein und sein Troß
reden immer von „Preußen und Deutschland", die preußische
Kammer beantragt und beschließt „im preußischen und im deutschen Interesse": gerade so sprach auch Piemont von sich und
von Italien, als es gegen Österreich hetzte, gerade so geberdete
es sich auch als Schutzmacht der andern italienischen Regierungen,
als diese alle in unversehrter Selbstständigkeit noch ihre Länder be-
herrschten. Sollten die nach analogen Vorgängen wahrzunehmenden
Eventualitäten nicht die ernstlichste Bedachtnahme erheischen?

Es ist hier angezeigt, auf einen feinen Schachzug aufmerksam
zu machen, vermittelst dessen die preußische Regierung ihre Bundespflicht für alle Fälle mit dem Strahlenkranz der Popularität zu
decken sucht. Man war allgemein erstaunt über die Energie, mit
welcher Preußen auf einmal gegen Dänemark auftrat, und man
fragte sich verwundert: Was ist Preußen eingefallen, jetzt plötzlich
mit Dänemark anzubinden? Da habt ihr die sinnreiche Windung:
— Als vor wenigen Wochen die italienische Kriegsposaune so gewaltigen Allarm gegen Österreich blies und ein Angriff auf Venetien mit höchster Wahrscheinlichkeit zu erwarten war, da sah Preußen
wohl ein, daß es diesmal seine Balancier-Politik von 1859 füglich
nicht wiederholen könne, daß diesmal auch deutsches Gebiet gefährdet
sein und daher deutsche Hilfe noththun wird. Wie aber helfen,
wenn man nicht helfen will? wie wiederum nicht helfen, wenn man
nach Bundespflicht helfen soll? — Ah, da ist Dänemark ein
prächtiger Sündenbock, auf dem man sich von einer lästigen Pflicht
los- und doch in die Popularität hineinreiten kann, und den man

nöthigenfalls für alle die süddeutschen Antreiber büßen läßt; da ist Dänemark die bestgeschnitzte Ausrede, daß man Österreich gern zu Hilfe gekommen wäre, wenn nicht eben Dänemark, wenn nicht gerade Schleswigs Befreiung Preußens ganze Thätigkeit absorbirt hätte. Seitdem hat der Kriegslärm gegen Österreich einstweilen nachgelassen — und auch Dänemark hat für jetzt Ruhe, und Schleswig-Holstein mag warten (kann indessen preußische Lieder singen), es hat ja auch bis jetzt gewartet.

Glücklicherweise ist Preußen noch nicht Deutschland, und solange Österreich noch einen Soldaten hat, und solange in den deutschen Königen und Fürsten noch ein Funken Gefühl für Würde und Selbstständigkeit lebt, wird Deutschland auch nicht in Preußen aufgehn. Und wenn wir an die Sympathien unserer deutschen Brüder appelliren, wenn wir Deutschland um seine Ansichten und seine Mitwirkung ansprechen, so haben wir wahrlich nicht den Nationalverein und seine Rückenhalter im Sinne. Es ist hier der Ort, die deutschen Fürsten und Völker an die echt deutsche und hochherzige Antwort zu erinnern, welche Kaiser Franz Josef dem französischen Herrscher in Villafranka gab. „Ich bin ein deutscher Fürst"! sagte er. Napoleon III. hat sich bei dieser Zusammenkunft erboten, dem Kaiser Franz Josef die Lombardei zurückzugeben, wenn Österreich die Operationen, die er am Rheine auszuführen gedenkt, ruhig gewähren läßt. Hier war dem österreichischen Kaiser die günstigste Gelegenheit gegeben, seine verlorene Provinz ohne jegliches Opfer wieder zu erhalten und sich wohl noch weitere und größere Vortheile zuzusichern, wenn er seiner Verpflichtung als Bundesfürst nur im selbstbedachten Nutzen vergeben wollte. Was aber erwiederte Kaiser Franz Josef? Ließ er etwa die deutschen Interessen zum eigenen Vortheile benachtheiligen? Konnten ihn auch wohl die preußischen und nationalvereinlichen Machinationen zur schadenfrohen Entgeltung verleiten? „Nein, ich bin ein deutscher Fürst," war seine ehrliche und biedere Zurückweisung des napoleonischen Antrags.

Diese Thatsache hat Kinglake in der Unterhaussitzung vom 12. Juli 1860 mit vollständiger Zuversicht auf ihre Richtigkeit mitgetheilt; sie ist bis jetzt noch von keiner Seite widerlegt worden, und auch wir können nichts an deren Verläßlichkeit aussetzen. Kinglake enthüllte noch in derselben englischen Parlaments=Verhandlung, daß der französische Völkerbefreier auch dem Prinz von Preußen eben die Politik nahe gelegt hat, zu deren Werkzeug sich der König von Sardinien hergegeben hat. Zu diesem Zweck begab sich Louis Napoleon nach Baden=Baden. Aber hier sei er auch auf unüberwindliche Schwierigkeiten gestoßen, denn sein Vorschlag wurde vom Prinz von Preußen, der im Besitze der mitgetheilten That=sache war, abgelehnt, „und es ist nicht zu verwundern, daß er dem Vorschlage mit derselben geraden Ehrlichkeit entgegentrat, wie die war, welche dem Kaiser Franz Josef seine Antwort auf denselben eingab."

Diese verbürgten Thatsachen werden wohl über die französischen Plane genügende Helle verbreiten (vielleicht würden sie auch den Nationalverein und seine Propaganda belehren, wenn ihr blinder Haß gegen Österreich noch eine Regung für das gemeinsame Vaterland aufkommen ließe); sie werden den Deutschen, welche noch immer für Napoleons großmüthige und befreiende Politik schwärmen, die bisherige Täuschung benehmen; sie werden auch den Fürsten die Wahrnehmung bezeugen, „in welcher Weise ein Bonaparte Friede zu schließen pflegt," und wie er mit Vorbedacht den Zweck ins Auge faßt, „die Interessen der neutralen und befreundeten Mächte zu opfern"; sie werden auch endlich

5 *

alle Diejenigen bekehren, welche den französischen Kaiser als italienischen Vorkämpfer und Retter ansehen.

Aber wir haben vor allem unsere österreichischen Brüder, unsere Angehörigen vor Augen. Wir reden zu Euch, lieben Freunde
in Österreich, die Ihr für alle möglichen Schmerzen und deren
Dulder ein Mitgefühl habt, nur für Euch selber nicht; die Ihr,
kosmopolitisch wie Eure deutschen Brüder in Michel, für alle Nationalitäten euch begeistert, nur für Euch selber nicht; die Ihr mit
bedauernswerther Selbstverleugnung für alle andern Nationen die
besten Glückwünsche habt — und für Euch gar keine. Ihr seid
Alles: Italiener, Griechen, Polen, Moldo-Walachen, Franzosen
seid Ihr, ausnehmend gute Engländer — Alles seid Ihr, nur keine
Österreicher! Ihr habt schon so gut und so oft mit andern Nationen sympathisirt: sympathisirt nun einmal auch mit Euch selber;
seid egoistisch, seid vaterländisch, seid Österreicher! Es thut uns
wirklich noth, daß wir alle fest und innig zusammenhalten, daß wir
den Haber vergessen, wenn der Feind von außen lauert, daß wir
das Riesenwerk der Staatsumbildung nicht durch den Sondergeist
der centrifugalen Bestrebungen in vielgezackte Splitter reißen; dann
wird der Einheitsstaat auch seiner Aufgabe gewachsen sein, er wird
leicht seine schweren Schäden heilen, und Österreichs Völker werden in verjüngter Macht und Größe, in stolzbewußtem und von
rechtsgeordneter Freiheit gehobenen Patriotismus ihre obhabende
und welthistorische Mission auch ferner und für alle Zukunft erfüllen.—

# XV.

Wir haben zum Schluße noch einige vorhin gestellte Fragen mit unsern Angaben zu beleuchten. In Bezug auf die Aachner Vereinbarung von 1818 haben wir zu Ende unseres II. Abschnittes gefragt: Wie haben die Großmächte im letzten Jahrzehend ihre heilige Pflicht und ihre Schutzpflege begriffen? Welche Beweise der Eintracht haben sie gegeben und in welchem Maße sind sie für das Völkerrecht eingestanden? Und wie hat namentlich Frankreich seine ihm durch Bundesmacht gesteckten Grenzen und die anderer Staaten respektirt?

Leider haben wir für alle diese Fragen gar keine tröstliche Antwort. Nichts ist trauriger und demüthigender, nichts mehr geeignet, den französischen Übermuth mächtig aufzublähen, als die Haltung der Großmächte im jüngstverflossenen Zeitraum. Den Souveralnen sind ihre Traditionen, den Staatsmännern die leitenden Grundsätze abhanden gekommen. Nichts ist in dieser europäischen Wirrniß klar geblieben, nichts von all den schönen Vereinbarungen und pentarchatischen Conzerten, als das erneuerte gefährliche Übergewicht Frankreichs! Mit Strömen Blut hat Europa, haben alle Völker und ihre Monarchen sich die Unabhängigkeit erkämpft, durch ungeheure Opfer und durch zwanzigjährige verheerende Kriege haben sie die Selbstständigkeit und das politische Gleichgewicht endlich errungen — und nun liegt das herrliche Gebäude in Trümmern: Ein Mensch war im Stande, das alles wieder umzustürzen! Während des ganzen Jahres 1813, vom Beginne der Coalitionskriege und in späterer Folge zu wiederholten Malen erklärten die alliirten Mächte (Declaration von Frankfurt am 1. December 1813), „daß sie den Krieg nicht gegen

Frankreich, sondern gegen das Übergewicht führen, welches der
Kaiser Napoleon zum Unglück für Europa und für Frankreich nur zu lange über die Grenzen seines Reichs hinaus ausgeübt hat...... Sie wollen einen Stand des Friedens, welcher
durch eine weise Vertheilung der Kräfte und durch gerechtes Gleichgewicht die Völker in Hinkunft vor solchen unzähligen Calamitäten
bewahre, wie sie seit zwanzig Jahren Europa so schwer heimgesucht
haben." — Und nun ist es wieder ein Napoleon, der sein Übergewicht leider auch „zu lange über die Grenzen seines Reichs hinaus"
fühlen läßt; wieder ist es ein Napoleon, der das europäische Gleichgewicht stört, mörderische Kriege anzettelt, fremdes Gebiet annexirt,
und unzählige Calamitäten schon heraufbeschworen hat und noch
heraufbeschwören wird — und doch säumen die Monarchen noch
immer, sich und ihre Völker zu schützen; noch zögern sie, vereint ihre
angelobte Schuldigkeit zu thun; noch wartet jede Großmacht einzeln
in ihrem Schmollcabinet, bis das dräuende Wetter an sie besonders
herankommt — und verstärken so durch ihre Unthätigkeit die französische Übermacht, ja verschaffen dem vertragbrüchigen Ränkeschmied
noch den Nimbus der Größe und der vollendetsten Staatskunst!

Für Diejenigen (und ihre Zahl ist bei uns und in Deutschland
bedauerlich groß), die für Louis Napoleon eine anstaunende Bewun-
derung hegen, die da meinen, daß zur Falschheit und Arglist ein gar
so gewaltiger Fond von Klugheit und Staatsweisheit erforderlich sei
— wollen wir hier das folgende belehrende Exempel aufstellen.

Fünf Männer sind mit der Bewachung eines Hauses betraut.
Sie erfüllen ihre Pflicht etliche Jahre und verständigen sich friedlich.
Da wird der eine plötzlich abberufen und ein ganz Fremder drängt
sich an seine Stelle und nimmt mit Gewalt seinen Platz ein. Die
andern vier stutzen anfänglich — aber da der Fremde die beruhi-

genbsten Erklärungen abgibt und sich artig benimmt, so lassen sie ihn
gewähren; sie haben auch keine Ursache ängstlich zu sein, denn einer
oder zwei von ihnen sind ihm vollkommen gewachsen, ihrer drei sind
ihm sehr überlegen, alle vier aber schmettern ihn nieder mit ihrer
Wucht, daß er sich lange erholen muß. Nun geschieht was folgt.
Der Neuangekommene tritt auf einen zu und spricht: Mit Ihnen
hab' ich einen Strauß auszufechten — Sie, meine Herren, geht das
gar nichts an, denn ich will nichts von ihm begehren, will die Sicher=
heit dieses Hauses auch nicht gefährden; es ist eine rein persön=
liche Sache, lassen Sie uns beide daher ganz allein die Sache ab=
machen.... Nun wirft der Eindringling den alten Wächter nieder
— die andern drei lachen und denken in sich: Geschieht ihm recht!
Aber der Eindringling zieht hierauf dem Wächter den Rock aus
und bindet ihn. Dann wendet er sich zu einem der drei übrigen
und sagt: Sehen Sie, Sie haben durch Ihre bedeutsamen Blicke
meinen Gegner aufgemuntert, ich kenne Ihren Einfluß, wir müssen
es daher auch mit einander versuchen, und die andern Herren
mögen als Schiedsrichter ruhig zusehen und dann urtheilen. —
Der zweite Wächter wird auch niedergeworfen und gebunden,
ebenso der dritte; der vierte kommt zu spät zur Einsicht, denn
ihm wurde am meisten geschmeichelt, jetzt muß er den verzwei=
felten Kampf ohne Hilfe aufnehmen und ist bald überwunden
und gebunden. Nun bemächtigt sich der Eindringling des Hauses,
übt die Herrschaft unumschränkt und diktirt den vier gebundenen
Wächtern, die einzeln nach einander niedergeworfen wurden, eigen=
mächtige Befehle.

Keinem Menschen wird es einfallen, die plumpe List dieses
Eindringlings als hohe Weisheit zu rühmen, oder seine verschla=
gene und schale Redeweise als Ausfluß des höchsten Genies zu

lobpreifen; fondern Jeder, der diefe Gefchichte hört, wird fagen:
Nicht die Gefcheidtheit diefes Fremden, fondern die Unvorfichtigkeit
der Wächter und ihre gegenfeitige Auffäffigkeit hat fie in feine
Hände geliefert. Gleich der erfte Fall mußte ihnen unzweifelhaft
zeigen, wie diefer Parvenü fein Wort hält, und daß er mit ihnen
nach der Reihe fo verfahren werde. Haben fie es an der nöthigen
Klugheit und Vorficht fehlen laffen, fo mögen fie die fchmerzlichen
Folgen auch tragen. Wenn man ein Haus nicht forglich hütet, ver=
derben faule Pilze das Gemäuer. —

Das ganze Geheimniß der bewunderten napoleonifchen Politik
und ihres Erfolges liegt in der nachftehenden Erklärung M a c c h i a =
v e l l i 's, die diefer Staatskünftler Denjenigen gibt, welche es als
glücklichen Zufall anfehen, daß die Römer nie in zwei großen Kriegen
auf einmal engagirt waren. — „Wer demnach der Urfache diefes
„Glückes nachforfchen wollte, wird fie leicht finden. Es ift näm=
„lich eine ausgemachte Sache, daß fobald ein Fürft oder ein
„Volk einen folchen Ruhm erlangt, daß jeder Fürft oder jedes
„Volk in der Nachbarfchaft fich felbft fürchtet es anzugreifen, und
„davor eine Angft hat, fo wird es fich immer fo zutragen, daß es
„Keiner von diefen angreifen wird, ohne dazu gezwungen zu fein;
„fo daß es gewiffermaßen von der Wahl jener Macht
„abhängen wird, einen ihrer Nachbarn nach Gut=
„dünken zu bekriegen, und die andern möglichft zu
„befänftigen. Diefe beruhigen fich auch leicht, fei es aus
„Refpekt vor ihrer Stärke, fei es durch die Art, mit
„welcher fie fie einzufchläfern weiß; — und die andern
„Mächte, welche von ihr entfernt find und nicht mit ihr in Be=
„rührung kommen, betrachten die Sache als ihnen entlegen und fie
„nicht betreffend; fie verharren in diefem Irrthum bis

„der Brand sich ihnen nähert, wo ihnen keine
„andern Mittel zu dessen Bewältigung erübrigen
„als ihre eigenen Kräfte, die jetzt ungenügend sind,
„weil jene schon zu mächtig geworden ist." (Nicola
Macchiavelli: „Discorsi sopra la prima deca di Tito Livio,"
lib. II, cap. I).

Von jeher hat man Österreich als den treuesten Wächter des
politischen Gleichgewichts und als dessen wichtigste Stütze betrachtet.
Vom westfälischen Frieden bis auf heute und von einem Ende
Europas bis zum andern hat kein Staatsmann die hohe Bedeutung
dieser mitteleuropäischen Großmacht verkannt, und selbst Graf
Balbo steht nicht an zu erklären: daß es im Interesse Italiens
wie der ganzen Christenheit liegt, daß Österreich eine Großmacht
bleibe, weil es „als Schirmwache und Schutzmauer
Europas in der Gegenwart, dies noch weit mehr
in der Zukunft sein werde (Le Speranze etc. pag. 120)."

Diese Macht hat die Christenheit vor der türkischen Unter-
jochung bewahrt, an den Mauern Wiens zerschellte der furchtbare Anprall der mahomedanischen Horden; sie hat zwölf Jahre
fast ganz allein gegen Napoleons gewaltige Armeen und gegen
seine wuchtige Übermacht angekämpft, und hat dann in ungebro-
chenem Heldenmuthe für Deutschlands Befreiung siegreich mitge-
fochten; sie hat durch ihre Kriege England und Spanien gerettet,
indem sie die vernichtenden Plane, welche Napoleon I. gegen diese
beiden Mächte im Schilde führte, vereitelte. Es ist unstreitig von
hohem Belang, daß wir für diese letztere Behauptung authentische
Quellen angeben.

Der Graf von Champagny, französischer Minister des
Auswärtigen unter Napoleon I. im Jahre 1808, machte dem

österreichischen Gesandten, dem damaligen Grafen Metternich bittere Vorwürfe über die Kriegsvorbereitungen Österreichs, und sagte unter Anderem: „daß Österreich die Engländer 1805 dadurch gerettet hatte, indem es gerade zur selben Zeit über den Inn setzte als Napoleon sich anschickte, die Meerenge von Calais zu überschreiten, daß es sie eben wieder rettete, indem es Napoleon verhinderte, sie persönlich zu verfolgen, und daß es demnach zwei Mal Frankreich verhindert habe, den Sieg über seinen Nebenbuhler davonzutragen."

Diese wahrheitsgetreuen Daten gibt Herr Thiers in seiner Geschichte des Consulats und des Kaiserreichs (Band 10, S. 92, franz. Ausgabe). Thiers hebt nachdrücklich hervor, daß die beabsichtigte Landung Napoleons in England durchaus keine leere Drohung war, da tausend Briefe zwischen ihm und seinen Ministern jeden Zweifel darüber beheben (Tom. V. liv. 21, pag. 467), und daß sie, nach ihren mehrjährigen Vorbereitungen, sehr gut ausführbar gewesen und auch gelungen wäre.

Wenn man bedenkt, wie hilfreich England und Österreich stets einander beigestanden haben, wie König Georg II. mit Maria Theresia 1741 einen Allianzvertrag abschloß und diese Monarchin mit Geld und Truppen gegen ihre mächtigen Feinde unterstützte, wie England ein Jahr darauf den König von Sardinien drängte, auf seine Verbindung mit Frankreich und Spanien zu verzichten und sich mit Maria Theresia im Vertragswege auszusöhnen, wie Österreich seine Heere auch für englische Interessen in's Schlachtfeld führte, wie Prinz Eugen und der Herzog v. Marlborough in der Schlacht von Hochstädt (Blenheim, 1704) die französische Armee auf's Haupt schlugen und durch ihre vereinten Siege bei Oudenarde (1708) und Malplaquet (1709) den blu-

tigen Grund zur Erwerbung Neuschottland's und Gibraltar's für England legten, wie Österreich 1809 den Krieg an
Napoleon erklärte, um die Engländer und Spanier von seiner
gefährlichen Gegenwart zu erlösen, wie die österreichischen Feld-
herren mit dem englischen Commandanten Lord William Bentinck
die französische Macht in Italien brachen und die englische Herrschaft im Mittelmeere kräftigten, wie dieses Österreich erst jüngst
im Kriege gegen Rußland seinen treubewährten Alliirten verließ
und für die englischen Interessen im Oriente mit seinen Armeen
einstand — — wenn man dies bedenkt, sagen wir, und das
dermalige Verfahren der englischen Regierung damit vergleicht, so
muß es jeden wahren Freund der beiden Mächte tief betrüben,
England in ganz conträre Bahnen einlenken und seiner traditionellen
Politik untreu werden zu sehn. Nichts ist mehr geeignet, den napoleonischen Eroberungsplanen auf's Beste in die Hände zu arbeiten,
als eine solche Haltung des gefürchteten Nebenbuhlers und des
unbesiegten Vorkämpfers für das öffentliche Recht! Schon trium-
phiren die französischen Staatsritter, schon frohlocken die Pariser
Weltbefreier und ihre Journale: Österreich darf sich nicht mehr
einbilden, die continentale Militärmacht Englands und sein Bundes-
genosse zu sein!

Lord John Russel's Note vom 27. Oktober 1860 hat alle
unzufriedene Völker zur offenen Empörung gegen ihre Beherrscher
berechtigt, und zur Beseitigung der unbeliebten Souveraine die ange-
rufene Hilfeleistung eines auswärtigen Staates gebilligt. Allein wie
läßt sich diese Note mit dem Völkerrecht und wie mit den Verhältnissen der eigenen englischen Unterthanen in Einklang bringen? Wie
läßt sich das angebliche Selbstbestimmungsrecht der Völker mit der
Ruhe Europas und mit seiner Sicherheit vereinigen, für welche allge-

meine Sicherheit England das kostbarste Blut seiner Söhne opferte
und die ihm auch vormals „die zwingende Pflicht auflegte, den Gefühlen der Genueser Gewalt anzuthun?" Man vergleiche die in
unserem III. Abschnitt mitgetheilte Rede Lord Castlereagh's
mit dieser Note Lord Russel's, und man wird finden, daß die
englische Regierung ihre hehre Mission ganz anders auffaßte und in
ihrer europäischen Politik sich von unendlich praktischern Grundsätzen leiten ließ als es die Lord John's sind, und daß der eine
Minister ebenso staatsweise und besonnen als der andere desselben
Stammes unvernünftig und leichtfertig ist.

Aber diese unkluge Note Lord Russel's, von der Fitzgerald
in der Unterhaussitzung vom 6. Februar 1861 mit Recht sagt, daß
niemals ein gefährlicheres Schriftstück von einer
Regierung ausgegangen sei, — beruft sich für ihre gefährlichen Lehren auf Battel. Nun wir wollen denselben Battel
auch zitiren, und aus seinem Buche vernehmen, was Rechtens ist.
Paragraph 56, Band I, Buch II, Kapitel V des Völkerrechts
besagt:

„Es ist gegen das Völkerrecht, wenn man die
ihrem Souverain thatsächlich gehorchenden Unterthanen, mögen diese sich auch über ihre Regierung
beklagen, zur Empörung anreizt."

Weiter erklärt der wohlgewürdigte Staatsrechtslehrer Martens:

„Es heißt unzweifelhaft sich als Feind des
Menschengeschlechts erklären, wenn man die Völker zur Empörung aufmuntert, indem man ihnen
Hilfe verspricht" (F. F. Martens: „Précis du droit des
gens;" liv. VII, ch. VI, §. 274).

Warum zitirt Lord John Russel diese Gesetze nicht? Warum nur gerade die, welche augenblicklich in seinen unsaubern Kram passen? Was würde Lord John sagen, wenn man seine Weisheit auf Corfu, in Malta, Irland und Indien anwenden wollte? Oder ordinirt und schreibt der edle Lord seine Recepte nur für auswärtige Kundschaften, weil sie für seinen Hausgebrauch sehr gefährlich sind? Darf man wirklich einen Lehrsatz „nicht auf alle Fälle" anwenden, sondern nur da, wo man's „für sich beurtheilt," wie der edle Lord in der gemeldeten Unterhaussitzung sich vertheidigend ausdrückte, — und hat er dies bereits von seinem Meister in den Tuilerien gelernt? Warum, wenn der Lord Staatssecretär schon Vattel zitiren wollte, warum zitirte er nicht die Verhaltungsregeln, die dieser gegen eine gefährliche Nation (nation malfaisante) vorschreibt? Warum verschweigt Lord John folgenden und andere Paragraphe (Vattel, §. 53 u. 70 a. a. O.): „Wenn es also eine Nation gibt, die sich offenbar dazu bekennt, die Gerechtigkeit mit Füßen zu treten, indem sie die Rechte Anderer verachtet und verletzt, so oft sich ihr eine Gelegenheit dazu darbietet, so ermächtigt das Wohl der menschlichen Gesellschaft die Andern alle, sich zu vereinigen, um ihr Einhalt zu thun und sie zu züchtigen" —? Oder hat sich nicht Frankreich schon „hinreichend, ja bis zum Überbruß" zur Nation malfaisante gestempelt? Hat es nicht die Rechte Anderer (der Schweiz, der italienischen Fürsten, des Papstes) und die Verträge verachtet und verletzt? Hat es nicht die Gerechtigkeit mit Füßen getreten, indem es willkührlich den Frieden brach und einen gewaltthätigen Krieg heraufbeschwor? Hat nicht Lord Palmerston selbst erklärt, daß alle Gefahr „vom Nachbar jenseits des Canals" drohe? —

England wird mit tiefer Reue die Früchte seiner bösen Saat sprießen sehen. Es kann ihm nicht unbekannt sein, welche furcht-baren Rüstungen man „jenseits des Canals" zu einer Invasion vorbereitet; wie diese Invasion schon mehrmals auf dem Punkte stand, ihre beutegierige Meute gegen es loszulassen. Vielleicht wissen die englischen Staatsmänner nicht, daß auf demselben „jenseitigen" Punkte die geheimen Maschen eines Netzes, von mächtigen Ver-schwörern auf dem Continente in langen Fäden hingesponnen, sich erst ehevor gegen England zusammenstrickten und zeitweilig da noch eingezogen blieben. — —

Österreich kann ruhig zusehen, bis England aus seiner be-klagenswerthen Täuschung erwacht. Österreich hat seine Pflicht als europäische Großmacht mit schweren Opfern wieder zuerst und allein erfüllt, es hat redlich das seinige gethan — die ewig waltende Vorsehung wird das ihrige thun.

Druck von A. Pichler's Witwe & Sohn.